彼女はもどらない

降田 天

JN199623

宝島社

目次

彼女はもどらない

十一月十一日（1）

「私は綾野楓《あやのかえで》さんを殺しました」

法廷に棚島《たなしま》の声が響いた。大きくはないが、発音は聞き違えようもなく明瞭だ。棚島とは長いつきあいになるが、初めて聞く声だった。

証言台を見下ろす裁判員たちの表情は険しい。傍聴席では大勢の記者がペンを走らせている。最後列に得た利一《りいち》の席からは、傍聴席全体を見渡すことができた。検察側の最前列に座った数人だけが、証言台のほうにじっと目を凝らしたまま身じろぎもしない。被害者の遺族だろう。

「私は彼女に償いをしたいのです。どうかチャンスを与えてください」

その言葉を聞いた瞬間、遺族の背中に怒りが燃え上がるのが見えた。初めて下を向き、肩を小刻みに震わせている。歯を食いしばり、涙を流しているのかもしれない。

利一は逃げるように法廷を出た。誰かが興奮ぎみに「滅多刺しだろ」と話すのが聞こえた。

外へ転がり出た利一は、あえぐように空を仰いだ。秋の空は高く、とても遠かった。

第一部

炎上

楓1

「やっぱり子どもがいない人にはわからないんですね」

最後に鼓膜をひと突きして電話は切れた。

楓は意識的に体の力を抜き、受話器をぽんと落とすように置いた。

「またですか」

向かいの席の水峰《みずみね》が、小ぶりな鼻にしわを寄せる。もうすぐ二十五になるとは思えない童顔のせいか、そんな表情にも愛嬌《あいきょう》がある。

「もう慣れたけどね」

楓はそろそろ肩に届きそうな髪を耳にかけ、後輩に向かって苦笑した。

「慣れたって嫌なものは嫌じゃないですか」

「まあね。でもしかたないよ、ミスはミスとして受け止めなきゃ」

「かあっこいい。私はとても綾野さんみたいには考えられないです。こっちのミスだってわかってても、うるさいクレーマーめ、とか思っちゃう」

「こらこら。思っても言わないことだよ。思っても、ね」

水峰といたずらっぽい視線を交わし、楓は化粧ポーチを持って席を離れた。電話やコピー機の音が絶えず響くフロアを出て、トイレの鏡の前で息をつく。

後輩の手前、平気な態度をとったものの、やはりこたえる。編集者として冬桜社《とうおうしゃ》に入って八年になるが、こんな騒ぎになるミスを犯したのは初めてだ。

問題になったのは、楓が編集を手がける女児向け雑誌『ヒロイン』に付けた、母親向けの小冊子だった。正確には、それに載せたタイアップ広告のひとつだ。主に専業主婦を資格取得のための講座に勧誘するもので、「サポーターなんてつまらない！」というコピーがでかでかと躍っていた。「夫と子どもの人生をサポートするだけじゃなくて、自分が主役になって輝こう！」

それが一部の反感を買い、たちまちインターネットで炎上した。

――専業主婦はサポーターなの？

――職業を持ってる人のほうが偉いって考え方だね。

――好きで仕事してないわけじゃない。

――たしかにサポーターかもしれないけど、望んでそうなったから、つまらない生き方だなんて思いません。

そういう声が上がることは予想できたはずなのに、なぜ見逃してしまったのだろう。『ヒロイン』は四歳から六歳くらいまでの女児をターゲットに、テレビ番組やキャラクターグッズ、ファッションなどを取り上げる雑誌で、最も古い前身は昭和十年代に創刊されたという伝統を持つ。それが半世紀ぶりに、『ヒロイン』という新しい名前を得てリニューアルされた。リニューアル前から五年以上その編集に携わってきた楓は、『ヒロイン』における中心的な役割を任されていた。

リニューアルにあたって楓が意識したのは現代感覚だ。業者に依頼して様々な統計を取り、分析に従って改革を進めた。編集部内での対立も辞さず、ひとつの形容詞をめぐって、あるいはスタッフの変更をめぐって、激しくぶつかったこともある。情がない、買い手に媚《こ》びている、売り上げしか考えていない、そんなに手柄がほしいのか、など非難も少なくなかったが、耐えるだけの熱意が楓にはあったし、だからこそよい雑誌が生まれたと自負している。

ところが、とんだ落とし穴があった。リニューアル創刊号である四月号が先月二十日に発売され、三週間ちょっとになるが、騒ぎはまだ収まらない。ネットで上がった炎が、電話やメールといった直接的なツールに移った格好だ。また、付録の小冊子はファッション誌とコラボレーションしたもので、創刊から三号分に付けることになっていた。残りの二号分は例の広告が掲載されたページを差し替えねばならず、方々に迷惑をかけコスト面でも損害を出してしまった。

かなりの部分で思うようにやってきただけに、楓の責任は大きい。楓のせいだと陰口を叩《たた》かれているのを聞いたこともある。私の『ヒロイン』に夢中で、付録なんか目に入ってなかったんだろ。綾野さんが細かいことでいちいちうるさいから、付録をチェックする時間が足りなくなっちゃったんですよ。

トイレの鏡には、尖《とが》った三十女が映っている。もともと細身なのがさらに痩せたせいで、肩や肘の骨が前よりも目立つようになった。隙なく結んだ薄い唇に、刃物ですっと切り込みを入れたような目尻。

楓はばかみたいに口角を上げて、明るい色のチークをつけ直した。顔立ちには似合っていないが、いくらか朗らかな印象になったはずだ。

席に帰ると、ちょうど顔を上げた水峰と目が合った。リニューアルに関しては、どのイラストレーターを採用するかで水峰とも意見を戦わせたが、決まってしまってからは蒸し返すこともなくよく働いてくれる。広告の件についても同情的だ。

仕事モードから雑談モードへ、水峰は器用に表情を切り替えた。

「今朝から思ってたんですけど、綾野さん、チーク変えましたよね」

「ああ、うん、お店で薦《すす》められちゃって。でもいまいちでしょ」

「そんなことないですよ。かわいい」

「かわいいと言えば、最近それお気に入りだね」

これ以上チークに触れられたくなくて、楓は水峰のピアスを目で指した。緩いパーマをかけたショートヘアの下で、スイングタイプのピアスが輝いている。ピンクゴールドで、アルファベットのSを象《かたど》ったものだ。

「あ、気づいてました？」

「気づくよ、毎日つけてるもの」

えへへ、と水峰は漫画のような笑い方をしてSの部分に触れた。

「彼氏にもらったんです」

「詩織《しおり》のSか」

「実は彼のイニシャルもSなんですよ」

「のろけられちゃった」

水峰はぺろっと舌を出してから、楓の耳に視線を向けた。

「綾野さんは開けてないですよね。旦那さんが嫌がるとかですか。たまにいますよね、ピアスとかネイルとか嫌う男の人。ナチュラル信仰、みたいな」

「ああ、いるね。でも夫は全然そうじゃないよ。というより、自分のも人のもファッション全般に興味がないタイプ。まあ、夫の好みがどうだったとしても、私は人に合わせて自分を変えたりはしないけどね」

「でしょうね」

一瞬、当て擦《こす》られたのかと思った。イラストレーターの採用について楓が主張を通した件で。しかし考えすぎだったらしく、水峰はにこにこしてSのピアスの話を続けた。神経が少し過敏になっているようだ。

そっとため息をこぼしたところで、編集長の菊池《きくち》に呼ばれた。常にダジャレを言うタイミングを狙っている陽気な男だが、いま、その表情は苦々しい。指先でちょいちょいと招かれて立ち上がる。心配そうに見守る水峰に、菊池はぎこちない笑みを向けた。

「詩織ちゃんは自分の仕事に集中」

楓は菊池の机の前に立ち、あちこちからの視線を跳ね返すように背筋を伸ばす。

「綾野」

切り出しにくいのだろう、菊池は再び名前を呼んでからしばらく沈黙していた。

「『ヒロイン』の件だけどな」

ようやく出てきたのは、やはりそのことだ。

「知ってのとおり動きはまずまずで、営業からもいけそうだと言われてる。綾野は中心になって本当によくやってくれたよ。まあ、ミスはあったけどな、あんまり気にするな。最終的な責任は編集長の俺にあるんだし」

「ありがとうございます」

「ただ、いまの綾野、かなりまいってるだろう。だからな、しばらく『ヒロイン』には関わらないで休んだほうがいいと思うんだ」

楓は目を剝《む》いた。菊池の瞳が逃げ場を探してさまよう。

「いや、責任がどうとか、そういうことじゃない。やっぱりああいうことがあるとストレスだろう。ストレスは万病のもとだからな。エースの綾野に倒れられでもしたら、それこそ大損害だ。そうなる前にちょっとだけ休んでさ」

菊池は優しい。命じるだけですむところを、懸命に言葉を選んでくれている。しかし、だからといってうなずくことはできない。

「私は平気です」

「いや、でもな」

「私を外すんですか」

『ヒロイン』を創ったのは私なのに。

どこからか鼻で笑う音が聞こえた。傲慢《ごうまん》な勘違い女と思われているのだろう。だが事実だという自信があるから、楓はいっそう胸を張る。

「休むだけだ。ずっとってわけじゃない。次の号からしばらく、ほとぼりが冷めるまで」

菊池は途中で失言に気づいたようだ。苦しい言い訳をついに放棄し、そうだ、と認めた。

「わかりました」

楓は一礼して席に帰った。しつこく食い下がるのはプライドが許さない。

楓は十七時になると同時にパソコンの電源を落とした。フレックス制で、今日は九時に出社したので、定時ぴったりということになる。

「お先に失礼します」

ふだんどおりの態度で声をかけ、ほぼ全員が残っている編集部をあとにした。こんな時間に会社を出るのはどれくらいぶりだろう。

四月も中旬に入ってすっかり春らしくなり、空はまだ明るい。月初めに雪が降ったのが嘘《うそ》のように、今日はジャケットが要らないほど暖かい。それなのに自分の体だけが硬く凍って、首のあたりが痛む。

片側四車線の道路に車がぎっしりと詰まっている。汚れたため息をつきながら、高層ビルの谷間をのろのろと流れていく。このなかに、自分が行きたい場所へ向かっている人がどれだけいるだろうか。

顔にかかる髪が急にうっとうしくなり、行きつけの美容室に電話をかけた。丸刈りにしてしまいたい気分だったが、顎のラインに留《とど》めた。期待したようにすっきりはしなかった。

スーパーに寄り、駅から徒歩五分の自宅へ向かう。中野の静かな住宅街に建つ、三階建てのマンション。1LDKで、もともと楓がひとりで借りていたところへ、悟《さとる》が移ってきた。世帯収入からすれば質素な住まいだが、古いわりにはきれいで、ふたり暮らしには充分な広さがある。悟の通勤にも便利だ。

二〇一の部屋番号が記されたポストを開けると、折り重なったチラシが吐き出されてきた。ごみを押しつけられたようで苛立《いらだ》ちが募る。

階段を踏みつけて二階に上がったところで、わずらわしい顔に出くわした。

「あら、綾野さん」

嬉《うれ》しそうに目を瞠《みは》る彼女は、二〇五号室に住んでいる。初対面のときに聞いた名前はすぐに忘れてしまったが、たいていの家がポストに名前を出していないなか、二〇五のポストには小堀《こぼり》と記されていたので、次に会ったときに気まずい思いをせずにすんだ。小堀家は六十代の夫婦のふたり暮らしらしいが、夫の顔は知らない。

「今日は久しぶりに早いのね」

「ええ、わりと不規則で」

だいたいの帰宅時間を把握されていることに居心地の悪さを覚えつつ、笑顔を作る。

「お仕事をがんばるのはいいけど、体に気をつけなきゃだめよ。旦那さんも忙しいんでしょ。ふたりともまだ若いから、私みたいな年寄りとは違うんでしょうけど」

「そんな、お若いじゃないですか」

「ううん、もう還暦を超えてるのよ、おばあちゃんよ」

マニュアルどおりの受け答えは小堀を満足させたらしい。小堀はにこにこして楓が提げたスーパーの袋に目をやった。

「今夜は腕をふるうのね」

「ふるう腕がないんですけどね」

楓はさりげなく手を引いた。買ってきたのは、下処理済みのメバルと小松菜だけだ。

「料理なんて慣れよ。私も結婚してすぐのころは」

「あ、ごめんなさい。電話」

楓は終わりの見えないおしゃべりを遮り、実際には震えていない携帯電話を耳に当てた。応対するふりをしながら、物足りなさそうな小堀に会釈して背を向ける。いつまでも暇人につきあってはいられない。

玄関のドアを閉めて内側から鍵をかけると、楓は大きく息を吐いた。そのぶんだけ体が萎《しぼ》んで、肩にかけたバッグが重くなる。

ダイニングに足を踏み入れた楓を、ピロロッと澄んだ鳴き声が迎えた。楓はスーパーの袋とチラシをテーブルに放り出し、続きになったリビングへ急いだ。

角部屋のいいところで、二面に窓がある。ひとつはベランダに出入りするためのガラス戸で、もうひとつは出窓だ。出窓に置いたケージのなかで、ポムは止まり木にちょこんと乗って盛んに首を振っていた。楓が帰ってきたのが嬉しくてならないようだ。セキセイインコはよく人に慣れるというが、この子は特別ではないだろうか。そう思うのは親ばかみたいなものか。

「ただいま」

楓はケージに指を差し入れ、やわらかい首をくすぐるように撫《な》でた。ポムはぷっくりと丸い体をすり寄せてくる。真っ白な頭と背中。黒いまだら模様が散った羽。三日月に似た嘴《くちばし》。角度によって葡萄《ぶどう》色に光る大きな目。すべてが愛らしいが、楓が特に気に入っているのは腹だ。透き通るような淡い青に白い羽毛がかぶさって、夏の空を思わせる。

空を抱いてるみたい。ペットショップで悟にそう言ったら、彼は真面目な顔で首を捻《ひね》って、俺はソーダフロートに似てると思う、と答えた。ロマンチストではないが、がちがちのリアリストでもない。以来、楓はソーダフロートが好きになった。

「小松菜、買ってきたよ」

ポムははしゃいだ。個体差なのか話しかけが足りないのか、人間の言葉は憶えていない。だがそれでいい。この子の言葉は、鳴き方や仕種《しぐさ》でわかる。そのほうが嘘がない。

しばらくポムと戯れているうちに、ささくれた気持ちがいくらか落ち着いてきた。バッグを片づけて夕食の支度に取りかかった楓を、ポムが甘えた声で呼ぶ。

「はいはい、ここにいるよ」

もっとかまって。

「ごはんの支度がすんだらね」

もっと愛して。

楓は苦笑して出窓の前へ引き返した。

やっぱり子どもがいない人にはわからないんですね——そう決めつけた電話の主に言ってやりたい。いいえ、わかる。私にだってわかる。

「ただいま」

悟が帰宅したのは八時半を回ったころだった。忙しい人で帰れない日が続くこともあるが、今日は早い。

「ただいま」

玄関で一度、楓とポムの顔を見てもう一度、ただいまを言うのが悟の習慣だ。もっとも楓のほうが遅くなることも多い。

「今日はそっちも早かったんだな。いまって仕事は暇な時期なんだっけ」

「他に言うことないの」

楓はおどけて頭を左右に振ってみせた。

「あ、髪、さっぱりしたな。似合うよ」

そそくさと寝室に引っ込んだ悟は、いつものスウェットに着替えて席についた。こざっぱりとはしているが、おしゃれとはほど遠い。腹のあたりに中年太りの兆しが現れ始めたのもあって、三十二という年齢よりも三つ四つは上に見える。

「メバルの煮つけか。いい匂いがしてると思った」

悟は嬉しそうだが、そもそも何を出しても嫌な顔をしたことはない。楓の作るものなら何だってうまいよ、というのは本心だそうで、仕事のつきあいで凝った外食には飽きているから飾らない料理がいいのだという。時間があれば自分でもキッチンに立つし、カップ麺《めん》やファストフードも喜んで食べる。

「いただきます」

悟は味噌《みそ》汁を口に運び、眼鏡をうっすら曇らせて満足そうに息をついた。

「私、これからしばらく帰りは早いと思う。『ヒロイン』の編集から外されちゃってさ」

テレビをつけようとしていた悟が、手を止めて楓を見た。

ふだん、互いの仕事に関して具体的な話はしない。取り決めをしているわけではないが、悟が仕事を家庭に持ち込みたがらないので、楓も自然にそうなった。そのスタイルは正解だと思う。ふたりとも忙しいから、一緒にいられるときは一緒に楽しめる話題を選びたい。

だから広告の件も、ちょっと仕事でトラブってる、としか話していなかった。楓が初めて語る経緯を、悟は眉間《みけん》に軽いしわを刻んで聞いていた。

「ひどい話だな、楓ひとりに泥をかぶらせるなんて」

「私が中心だったから」

「でも責任は全員にあるだろ。よくあることだけど、よくあったらいけないことだよ」

「ありがと」

悟の語気が荒くなるほど、楓の口調は軽やかになる。ふたりの会話に愚痴を持ち込みたくはなかったが、自分のために誰かが怒ってくれるのは心地よい。

悟はもうひと口ぐいっと味噌汁を飲んだ。

「へこむことないよ。楓なら絶対すぐに復帰できる」

「もちろんそのつもり。いくら引き継ぎしたって、私なしで質が維持できるわけないもの」

「それでこそ楓」

自信過剰ともとれる楓の言葉に、悟は顔をほころばせた。

「な、ポム」

同意を求められたポムが小首を傾げる。

ポムという名は、楓と悟が初めて会ったフレンチレストランから取ったものだ。

友人に代わって参加した合コンだった。ワインも進んで打ち解けてきたところで、男側の幹事がにやにやしてテーブルに肘をついた。

——俺が企画した合コンって、カップル成立率が高いんだよ。ちょっと前にも後輩に初めての彼女ゲットさせてやったし。そう、会社の後輩、なのに初カノ。まあ、そういう感じのやつだよ、なんとなく察してよ。こないだ会社の飲み会で、初カノとの進展をみんなの前で報告させたんだけど、なかなかしゃべらなくてまいったよ。もったいぶるようなことかってての。せっかく輪の中心にしてやってんのに。しまいには勘弁してくださいって半泣きになって、まあ、それはそれで笑えたけど。

半泣きって、と女側の幹事が笑いで応えた。

——ああ、でもそういう人っているよね。こっちは女子だけど、やっぱり飲み会の罰ゲームで、部長のほっぺにキスすることになったんだよね。そしたら本気で嫌がっちゃって。何も口にしろって言ってるんじゃないよ、ほっぺだよ、外国なら挨拶じゃん。しょうがなくハグでいいってことになったんだけど、それでも嫌だって、結局やらなかったの。盛り下がるし、部長だっていい気しなかったと思うなあ。おまけにその人、若い子じゃないからね、三十超えてるから。

うわあ、マジで、などと笑い混じりの反応があり、また別の誰かが話を引き継いだ。

——いじられるのって上手な人と下手な人がいるよね。大学時代の友達にめっちゃいじられ上手がいて、もう自分からいじられるポイントを用意してるっていうの、いじられる自分が好きなんだろうね。特に傑作だったのが、その人のパソコンをこっそり初期化したとき。すごい顔して弱ってみせるもんだから、みんなで大ウケ。ほんといいキャラだったなあ。

隣に座っていた女が、ほんとウケるね、と楓のほうを向いた。その場に知り合いがいないのは楓だけだったので、気を遣ってくれたのかもしれない。

しかし楓は真顔で答えた。

――そうかな。

みんながみんな本気でおもしろがっていたわけでもないだろうし、愛想笑いで流してしまえばすむところを、大人げなかったとは思う。

一瞬、座が静まり、男たちが楓をクールビューティーとか何とか囃《はや》して場を取り繕った。そのなかでひとりだけ、感心したように楓を見つめていたのが悟だった。

あれで惹《ひ》かれたのだと、のちに交際を始めてから悟は明かした。まわりに迎合せず自分の意見を表明できる人って格好いいよ。空気を読むって必ずしも正しいわけじゃないし、空気を読めって一種の暴力じゃないか。

だから「それでこそ楓」なのだ。悟の楓は、失敗や批判をいつまでも気に病んだりしない。

一年間の交際を経て、楓が二十九、悟が三十一のときに指輪を渡された。式は挙げず、親戚づきあいからも解放されたシンプルな暮らし。ふたりとも子どもを持つ気はなかったので、ペットを飼うことにした。ペットショップで楓がひと目惚《ぼ》れしたのがポムだった。

楓と悟とポム。現在の家族構成に不満はない。だがこのごろ楓は考え始めている。私も子どもを持ってもいいんじゃないか。そうなると、いまのライフスタイルを大きく変えなければならないかもしれないが。

メバルを口に入れた悟がテレビをつけた。中身のわからない笑い声が押し寄せてくる。

「やっぱり大人だけの生活はいいよな。食事中に見る番組も選ばないし」

考えを読まれて釘《くぎ》を刺されたのかと、ぎくりとした。だが悟にそんな鋭さはない。そこがいい。

楓もテレビに目を向け、味つけがやや濃すぎたメバルを飲み込んだ。

はっと目を覚ましたとき、寝室は薄暗かった。ほの白い明かりが、遮光カーテンのわずかな隙間から霧のように入り込んでくる。夜明けまではまだ少し間があるらしい。
楓は息を吐き、手の甲を額に当てた。汗をかいている。嫌な夢を見た。とても嫌な夢。

隣では悟が安らかな寝息を立てている。それを意味もなく数えてじっとしているうちに、やがて目が慣れてきた。闇とともに夢も薄れることを期待したが、そちらははっきりと頭のなかに居座っている。

楓はベッドを抜け出してバスルームへ行き、湿って張りついてくるパジャマを脱ぎ捨てた。強すぎるシャワーで全身を叩き、水滴を散らして頭を振る。大丈夫、夢に私を痛めつけることはできない。

バスルームを出るころには夜が明け始め、ポムが目を覚ましていた。元気なおはようの声に、寝室の悟を気にして小さく返す。リビングとダイニングの窓をすべて開けたら、爽やかな空気が流れ込んできた。今日もいい天気になりそうだ。

楓はポムの腹の青空を撫でてから、収納棚に置きっ放しになっていた投資信託の資料を取り出した。三十になったのを機に資産運用を考えてみようと銀行でもらってきたものの、じっくり目を通す暇がなく放置していた。どうせ早く起きてしまったからには、この時間を有効活用すべきだ。

六時半になると悟が起きてきた。一番に挨拶をするのはいつもポムだ。おはよう、と寝ぼけ眼《まなこ》で応じた悟は、のそのそとトイレに行ってダイニングへ帰ってきた。

「何時に起きた」

「五時前だったかな」

「動く気配は感じて、なんだか早いなって思ったんだけど、そんなにだったのか」

「ごめん、起こしちゃったね」

「いや、目も開かないままだったよ」

悟は大きく伸びをしてから、コーヒーメーカーをセットして食パンをトースターに入れた。たまに目玉焼きやサラダやベーコンがつくこともある朝食は、いつも悟が用意する。同時にテレビをつけてニュースをチェックするのが習慣だ。

着替えをすませた楓がテーブルにつくと、トーストにバターを塗っていた悟が顔を上げた。

「楓、今日の昼って忙しい？」

「不本意ながら忙しくないけど、なんで」

「ランチでも一緒にどうかと思って。俺が楓の会社の近くまで行くから、待ち合わせてさ」

「急にどうしたの」

ふたりの職場は遠くないから可能ではあるだろうが、いままで考えたこともなかった。

「気分転換」

「もしかして昨日のことで私が落ち込んでると思ってる？」

「引きずらないのは知ってるけど、やっぱりショックはショックだろ。昨夜はよく眠れなかったみたいだし」

「大丈夫だよ。悟、外食は嫌いなのに、わざわざいいよ」

「べつに嫌いってわけじゃないよ。それにどっちにしろ昼は外なんだから」

「本当にいいの？」

「俺から誘ったんだって」

楓は厚意を受けることにした。大事にされているという実感は、自信を与えてくれる。

「じゃあ私、出勤は午後からにするから、時間は悟のいいようにして」

空いた午前中を、楓は三年前から通っているフィットネスクラブで過ごした。会費は高めだが、そのぶん設備が充実していて時間の融通も利く。何より、やかましい学生や主婦のグループがいないのがいい。

ジムに利用者はほとんどおらず、いくつかのマシンの音だけが単調に響いていた。楓が肘や膝を曲げるたびに、鉄の塊が浮いては落ちる。最後にプールでひと泳ぎし、シャワーを浴びた。今日二度目のシャワーになったが、体を洗うのは好きだ。

楓が指定したカフェの前に、悟は約束の時間に少し遅れてやってきた。急いで歩いてきたようで前髪が乱れている。楓が手櫛《てぐし》で直すあいだ、悟はじっとされるままになっていた。

「お世話かけます、奥さん」

「いえいえ、大事な旦那さまですから」

顔を見合わせて笑い、こぢんまりとした北欧風の店舗に入る。楓は何度か来ているが、「本日のランチ」を頼んで外れだったことがない。

楓と同じものを注文した悟は、料理や店員の態度を大げさなくらい褒めた。インテリアに興味なんかないくせに、店の内装まで褒めそやした。

「やっぱり楓はセンスがいいな。自分の感覚に自信を持っていいよ」

これから出勤する楓を励まそうとしているのが丸わかりだ。不器用で優しい人。この人がいれば大丈夫。

「ありがとうね、本当に」

「こっちこそ、うまかったよ」

店の前で別れて歩き出しながら、悟は顔だけ後ろに残してほほえんだ。

「なるべく早く帰るよ。ケーキでも買ってさ」

「無理しないで。でもおいしいモンブランがいいな」

「了解」

悟が軽く上げた手が光った。左手の薬指に嵌《は》まったプラチナの指輪。同じものが楓の指にも輝いている。

楓はスカートを蹴るようにして大きく足を踏み出した。

出社した楓を迎えたのは、編集部の気まずい雰囲気だった。表面上はふだんどおりだが、誰も目を合わせようとしない。腫れものに触るような扱いは不快だった。このなかには楓の処分を喜んでいるやつだっているはずだ。

「おはようございます」

わざとにっこり笑って挨拶すると、何人かが不自然な反応を示した。敵意が湧きあがるのを押さえつけ、自分の席に腰を下ろす。

向かいの水峰が見るからにほっとした顔になった。

「綾野さんがいつもどおりで安心しました」

「え、どういう意味」

「だって昨日」

「ああ、『ヒロイン』のこと。私がショック受けてると思ったんだ。心配してくれてありがとう。でもその程度のことで落ち込んでたら、この業界じゃやってけないよ」

「その程度のこと、ですか」

「ひとつ仕事を奪われただけだもの。命を取られたわけじゃない」

そう、それだけのことだ。深呼吸して心を落ち着ける。

ちょうどかかってきた内線電話を取ると、受付からで、編集長の菊池に来客だという。

「編集長、十三時にお約束のサキモリさんという方がいらしたそうです」

「ああ、企画の持ち込みだ。前に経済誌で一緒に仕事をしたことがあって。そうだ、綾野、おまえも来てくれ」

菊池はフロアの電子キーを解除するため立ち上がり、楓も急いであとを追った。

サキモリは三十代前半くらいのタフな印象の男だった。上背も肩幅もあり、髭《ひげ》を生やしている。無造作にひっかけたカーキ色のジャケットをはじめ、身に着けているすべてがクリーニングもアイロンも要らなそうだ。しかし胡乱《うろん》な感じがしないのは、さっぱりした笑顔のせいか。

「フリーライターの崎守《さきもり》と申します」

名刺を差し出す手も大きい。名刺には肩書きなどはなく、名前と電話番号とメールアドレスだけが記されている。薬指に指輪はない。

「綾野と申します」

楓も名刺を差し出す。

「綾野はうちのエースなんだよ。いまはちょっと別の仕事をやらせてるんだけど、新創刊の『ヒロイン』は綾野が創ったと言っても過言じゃないくらいで」

紹介を聞くあいだ、崎守はじっと楓を見つめていた。少し不躾《ぶしつけ》に感じるほどだ。

「それでね崎守くん、持ってきてくれた企画、君のことだから経済関係だと思うんだけど、この綾野に話してくれないかな」

「編集長、私、経済は」

菊池は楓のとまどいを笑顔で無視した。

「こいつも永遠に児童誌にいるわけじゃないし、いろんな経験を積ませたいんだよね」

「なるほど。でも今回の企画は経済関係じゃなくて、ちゃんとここ向けですよ」

「なんだ、意外だな。そういうことなら綾野、よろしく。そこの談話スペース使ってくれ」

楓はとりあえず崎守を編集部の奥へ案内した。個室ではないがいくつかのブースに仕切られていて、それぞれに机と椅子が置いてある。菊池が楓に畑違いの仕事をさせようとした意図については、いまは考えないことにした。

「何か召し上がりますか。コーヒーか紅茶か日本茶か」

「じゃあコーヒーを」

崎守は話が早いタイプのようだ。無意味な遠慮も物怖《ものお》じもしない。

ふたつのカップを持って談話スペースに帰ると、崎守は分厚いバッグを足もとに置き、机にタブレットを出して、ブースの仕切り板に貼られたポスター類を眺めていた。『ヒロイン』創刊号のものもあって、胸にさざなみが立つのを押さえ込む。

「あらためまして、綾野楓と申します」

「きれいなお名前ですね」

気障《きざ》ではなく気さくな言い方だった。笑顔と相まって好感が持てるが、崎守の癖なのか、じっと目を見られるのはやはり居心地が悪い。

「さっそく本題に入りましょうか」

楓が皆まで言わないうちに、崎守はタブレットの画面をこちらへ向けた。紙の企画書は用いないスタイルらしい。

　画面には子ども用のドレスが何着か映し出されていた。とはいえ発表会や結婚式に着るようなものではなく、童話やアニメのキャラクターの衣装に似ている。いや、まさにそのものか。ほとんど同じデザインのドレスを、編集した女児向け雑誌のなかで何度も見ている。

「安価な材料で作る、子どものコスプレ衣装」

　崎守が反応を探るように言った。

「遊園地やイベントなんかで見かけることがあると思うんですが、キャラクターの衣装を手作りして子どもに着せるのが一部の親のあいだで流行《はや》ってるそうです。それも百均の商品を使って」

「これ、百均の商品でできてるんですか」

「すべてではないですが、ほとんどそうらしいですよ」

　言われてみれば安っぽく見えなくもないが、言われなければ想像もしない。

「布もレースもリボンもボタンも、百均でそろえられますからね。針金やダンボールや発泡スチロールなんかもある」

隣のブースでは別の雑誌の打ち合わせが行われている。意見がぶつかっているらしく声は大きかったが、崎守の語りに引き込まれてたちまち聞こえなくなった。崎守の弁舌は淀《よど》みなく、見た目に反してこの分野を身近に捉えている感じがする。

「お子さんがいらっしゃるんですか」

「いえ、僕は独身です。過去に結婚したこともないし、子どももいません。でも友人がみんな父親になってるので、子どもと接する機会はそこそこありますね」

なるほど、と楓は複雑な思いで顎を引いた。楓のまわりにも母親が増えてきて、赤ん坊を抱くのにも子どもの相手をするのにもそれなりに慣れた。

崎守はタブレットを操作して画面を切り替えた。色とりどりの衣装に代わって現れたのは、個人のブログのようだ。シンプルなデザインで、文中にもデコレーションや顔文字の類は見られない。

「いまお見せした作品は、このブログに掲載されてるものなんです。製作者は男の方なんですが、どうも奥さんがいないのかな。娘さんのために作ってるみたいですね。休日に少しずつ作業をして、製作過程を写真とともに公開してます。ファンがたくさんついてて、第一人者と言っていいでしょう」

「シングルファーザーの方が」

ブログの書き手は〈ソラパパ〉と名乗っている。

「キャラ弁ブームでもわかるように、我が子のために何かを作ってあげたいと思う親は多いですよね。それに手芸好きの人ってけっこういるみたいですよ。東京の一等地に手芸用品店がチェーン展開してるし、日暮里の繊維街なんかも常に賑《にぎ》わってるそうで。加えて、安価というワードはやはりキャッチーでしょう。うまくすればブームを生み出せると思うんです」

崎守の売り込みを聞きながら、楓は自分の母親を思い出していた。手作りの服や小物を娘に身に着けさせたときの、あの満ち足りた表情。

「ええ、おっしゃるとおりだと思います。ただ、すぐに判断できるだけの材料を持ち合わせてなくて」

「こちらも伝聞形式が多くなってしまってすみません。今日は企画の骨子を大まかにお話しできればと思ってたので、取材も資料も不充分で。興味を持っていただけたなら、近いうちにもっと詰めた形にしてお持ちします」

「ぜひお願いします。私のほうも勉強しておきます」

崎守を送り出したあと、楓はさっそく自分のパソコンで〈ソラパパ〉のブログを開いた。更新はあまり頻繁ではなく、よくて二週間に一度、もっと空くことも多い。内容は衣装製作に関することのみで、何枚もの写真の下に短い文章が添えられている。

——今回使用する型紙はコチラ。

——パーツが多くて先が思いやられますが、ソラ氏の喜ぶ顔を想像してとりかかります。

——オーガンジーの二段レース。ぴったりの色がなかなか見つからず苦労しました。

——ギャザー部分に立体感が足りない。えい、思いきってやり直し！

——柄つきのリボンでもいいけど、スパンコールを縫いつけたほうが華やかっすね。

——面倒でも、ここは縫う前にアイロン必須です。針目も調整します。おっさんの弱った目にはこたえるわ〜。

「ソラ氏」というのが娘らしい。今年の記事に八歳の誕生日のものがあった。完成した衣装を身に着けた写真が掲載されている。顔は編集で隠されていて、どんな表情を浮かべているのかはわからない。

——嬉しそうにポーズを決めるソラ氏。ううっ、苦労した甲斐がありました。

——これ、難しかったでしょ。ソラ氏の気遣いにホロリとしてしまいます。

——大喜びで飛び跳ねるソラ氏と、縫製の強度にハラハラするおっさん。

——パパありがとう、大好き！　これが聞けるからがんばっちゃうんだよねえ。


ブログにはたくさんのコメントが寄せられていた。技術に対する賞賛。製作についての質問。そしてほぼ全員が口をそろえて、〈ソラパパ〉のよい父親ぶりを称《たた》えている。

楓は自分の表情が険しくなっているのに気づいた。母の顔がちらつく。カエちゃんが喜んでくれて、お母さんもとっても幸せだわ。

突然、母の笑顔がぐちゃぐちゃになった。

はっと我に返ると、手もとのメモ用紙が黒いペンで塗り潰されていた。筆圧で紙に穴が開いている。丸めてごみ箱に捨て、放り出すようにペンを置いて、再びパソコンに目を向けた。

〈ソラパパ〉がよい父親だとは、楓には思えない。娘のためにと言いながら、自己顕示欲を満たしているだけではないのか。あるいは、愛情の押し売り。ところが当人も多くの読者も、それに気づいていない。おそらく娘も。

マウスを操作する右手の肩に、知らず力が入っていた。そこをぽんと叩かれた。

「やらかしたんだって」

化粧っ気のない顔で笑いかけてきたのは、同期で同い年の桑田《くわた》だった。シャツとパンツというスタイルに、無造作にひとつにまとめただけの髪型は、入社したときから変わらない。いまはレディースコミックの編集部に所属しており、ふたりの子どもを育てながら、順調にキャリアを積み重ねているようだ。

「気にすることないって。その程度のミス、よくある、よくある。こう見えても、私だってけっこうあるんだから」

『ヒロイン』の広告の件を言っているらしい。桑田に知られていることに心がざわついた。頬のこわばりを悟られないよう注意深く笑顔を作る。

「ありがと。ところで、なんでうちに」

桑田は腰を屈《かが》めて声を潜めた。

「実は近々ここに異動してくることになったから、ちょっと様子を見にね」

「えっ」

「チビがふたりになると、思ったより家のことがきつくてさ。漫画はスケジュールがタイトだし、夜中にやりとりしたがる作家もいるから、異動希望を出したってわけ。特に漫画がやりたいわけじゃないしね」

「大変だね。でも、うちもべつに楽じゃないよ」

「わかってるって、そういう意味で言ったんじゃないよ。怒んないでよ」

「怒ってなんか」

楓は目を丸くしてみせた。

「ならよかった。まだ正式な辞令は出てないから内緒ね。あ、そうだ、今度うちに遊びに来てよ。下のチビが生まれてから来てないでしょ」

「悠真《ゆうま》くんだっけ。見たい見たい」

「じゃあ日程とか調整して連絡するね」

桑田が去っていくのを目の端で見送りながら、彼女が異動してくるというのはどういうことかと考える。ポストは限られている。完全な年功序列の会社ではないが、ある程度は年齢や勤続年数に応じて出世していく。

どこかで電話が鳴った。昨日、浴びせられた罵声が、耳の奥で発火するようによみがえった。やっぱり子どもがいない人にはわからないんですね。

楓は〈ソラパパ〉のブログを睨《にら》んだ。記事とコメントを読み直すが、やはり納得がいかない。これがいい親。私にわからない親の心。こんなやつらが私を非難するの。

楓はかっとなってキーボードに指を走らせた。

Name：色葉《いろは》
Comment：貴方《あなた》は本当に子供を愛していますか。

ひとことだけ書き込んでページを閉じる。
数時間後に再びブログを見ると、〈ソラパパ〉から返信があった。

Re：お子さんはいらっしゃいますか。

刺し貫かれた。息を呑《の》み、唇を噛《か》みしめる。痛い。よくも。
楓は再びキーボードに手をかけた。

棚島1

「パパ、起きて。ねえ、パパってば」
体に重みを感じたと思ったら、ゆさゆさと揺さぶられた。脳の中心まで届く高い声。

しかしまだ目が開かない。

勘弁してくれよ、とこっそり思う。昨夜は上司につきあって飲みに行き、眠りについたころには午前三時を回っていた。睡眠時間だけならどうということはないが、仕事の飲み会はとかく気疲れする。

「パパ」

声が近くなる。長い髪が顔にかかってくすぐったい。

スリッパの足音が近づいてきて、ドアを開ける音がした。

「みーちゃん、だめって言ったでしょ。パパは疲れてるんだから」

母の声。見た目にはあまり感じないが、声が歳を取ったと思う。

「だって」

「いや、起きるよ。おはよう、美空《みそら》」

棚島は己を叱咤《しった》してまぶたをこじ開けた。間近に迫った娘の顔がぱっと輝いた。

「おそようだよ」

いつのまにか生意気なことを言うようになった。小さな体をどかしてから、こんなに重かっただろうかとはっとする。八歳。たまに年齢を確認しておかないと、わからなくなりそうだ。もっと一緒にいられたら、そんなことはないのだろうか。

「まだ寝てたら。昨夜も遅かったんでしょう」

細く開けたドアの隙間から母が言うと、美空が慌てて口を挟んだ。

「今日は公園に行く約束だもん」

「おばあちゃんと行きましょ」

「やだ、パパがいい」

「じゃあ明日にしたら。明日もそこそこゆっくりできるんでしょ」

後半は息子への問いかけだったが、棚島は母には答えず美空を見つめた。白くやわらかい肌に、おっとりした目もと。年々、妻に似てくる。知り合ったころの深雪《みゆき》の頰は、いつもこんな薔薇《ばら》色だった。

「公園にはお昼に行こう。おばあちゃんにお弁当を作ってもらって」

「うん！　それからアスレチックやる」

「いいけど、パパは一緒に遊べないよ。美空の衣装を作らなきゃいけないだろ」

美空の笑顔がたちまち曇った。表情が豊かなところも深雪に似たのだろうか。

「明日にしたら」

美空は祖母の言い方をまねた。

「明日もやるけど、夕方までしかできないからなあ。もたもたしてたらハロウィンに間に合わなくなっちゃうぞ。アンナちゃんの衣装、着られなくなっちゃうぞ」

アンナちゃんとは、小学生の女子のあいだで大流行しているアーケードゲームのキャラクターだ。数人のアイドルの卵がトップアイドルを目指すという内容で、ひとりひとりに個性的な衣装が豊富に用意されている。なかでもアンナちゃんのステージ衣装が、美空のお気に入りだった。棚島が美空の好きな衣装を作り、市が主催するハロウィンの仮装パレードに参加する、それがここ五年間の父娘の恒例になっている。

美空はうつむいて唇を尖らせた。

「まだ四月だよ」

「パパはお仕事が忙しいから、ぎりぎりになって一気にやろうとしても無理なんだ。わかってるだろ。だから、いまのうちからこつこつがんばっとかないと」

「でも、そしたらいつ遊べるの。明日だって晩ごはん食べたら行っちゃうんでしょ」

みーちゃん、と母がやや強い声を出した。当の棚島は何も言えない。

棚島の職場は霞が関にある。私立大学を出たあと、三年がかりで国家公務員Ⅱ種試験に合格し、経済産業省に入省した。キャリアではないので大きな出世は望めないが、仕事はできるほうだと自負している。

努力で手に入れた人生におおむね満足していた。あの日までは。

五年前、妻の深雪が事故に遭った。公務員宿舎のベランダから誤って転落したのだ。棚島は勤務中で、救急隊が駆けつけたとき、部屋では三歳の美空がひとりで泣いていたという。深雪は一命を取り留めたが、病院のベッドに横たわったまま意識はいまも回復していない。

棚島は途方に暮れた。ときには何日も家に帰れないほどの激務をこなしながら、ひとりで美空を育てることはできない。頼る先は実家しかなかった。生まれてから高校卒業まで暮らした一戸建ては、親の持ち家で、父は数年前に他界していたが母は元気だ。独身の妹もいる。家族は嫌な顔ひとつせず手を差し伸べてくれた。

棚島にひとりで都内に留まるよう勧めたのは母だった。実家は千葉の北部にあり、霞が関までは電車で一時間半近くかかる。終電も早い。それでは仕事に支障も出るだろうし、何より体を壊さないか心配だというのが理由だった。

棚島は悩んだ末に従うことにした。単身で公務員宿舎に残り、美空を実家に預けて、休みが取れた週末だけ会いにくる。毎週はとても無理で、よくて二週間に一度、二ヶ月も会えないこともある。

美空は聞き分けてくれているが、やはり寂しいだろう。だからこそハロウィンの衣装には手間暇をかけてやりたい。

棚島は枕もとの時計を手に取った。
「美空、見てごらん。もう十時だ。こんなことを言ってるうちにどんどん時間が経《た》っ
てる。公園へ行く時間も衣装を作る時間も減っちゃうぞ」
論点のすりかえを指摘できるほど、美空はまだ大人ではない。
「ほら、みーちゃん、急がなくっちゃ」
母がすかさずドアを大きく開くと、美空は釈然としない表情を残しながらも部屋を
飛び出した。小走りの軽い足音が遠ざかっていく。
棚島はため息をついてベッドから下りた。ポロシャツとチノパンに着替えて居間へ
向かう。
階段の下で、レジャーシートを抱えた夢乃《ゆめの》とぶつかりそうになった。しとやかとは
ほど遠いせいで、妹ではなく弟のように思える。プライベートではたいていジーンズ
をはいていて、甘いイメージの名前が似合わないとよく言われるのだとか。
「あら、お早いお目覚めですこと」
けっして仲の悪い兄妹ではなかった。夢乃がこんな態度をとるようになったのは、
美空をこの家に預けてからだ。
美空が生まれたとき、まだ二十歳にもなっていなかった夢乃は、見慣れない赤ん坊

というものに夢中になり、親ばかならぬ叔母ばかぶりを発揮した。バイト代を姪《めい》へのプレゼントに注ぎ込み、暇を見つけては公務員宿舎まで会いにきて、実家に連れ帰った日には朝から晩まで離れようとしなかった。義姉の深雪とも仲がよかったから、よけいに美空がかわいかったのだろう。美空も若い叔母に懐き、夢乃ちゃん、夢乃ちゃん、と慕っている。

棚島は無視して通り抜けようとしたが、さらなる嫌みが絡みついてきた。

「お兄ちゃんはレジャーシートがどこにあるかなんて知らないよね。美空のバッグのポケットに、こないだ拾ったきれいな石が入ってることも」

夢乃が振ったレジャーシートから生まれた風が、むっつりと振り返った棚島の顔をぶつ。

「ねえ、いいかげんに転職を考えたらどうなの。美空、同じ年ごろの子より甘えん坊だと思うよ。寂しいからだよ」

棚島は廊下の先にある台所を気にしたが、美空には聞こえていないようだ。ウィンナーをカニにするかタコにするか、母と楽しげに相談している。

「ちゃんと気をつけてるってば」

お兄ちゃんが考える程度のことは、と夢乃は言外に滲《にじ》ませた。見下すようなもの言いに苛立ちが募る。

「転職は無理だって何度も言ってるだろ」

「何度も聞いたけど、やっぱり納得できないから言うの。もっと美空と一緒にいられる仕事、探しなよ。給料との兼ね合いもあるし、苦労して就いた職だから手放したくないだろうけどさ」

声を荒らげそうになるのをなんとか抑えた。

夢乃は昔から口が達者だったが、私立高校の非常勤講師という職を得て、ますます勢いづいた気がする。専門は現代文。しかし目の前にいる肉親の我慢も読み取れないのに、赤の他人が描いた心情など読み取れるのだろうか。

「ねえ、本当にわかってるの。私は美空がかわいそうだから言ってるんだよ。お母さんだって体がきつそうなときがあるし、お兄ちゃんには言わないだろうけど、私にはしょっちゅう愚痴ってるんだから。深雪さんさえあんなことにならなければねえ、が口癖みたいなもんだよ。聞きたくないよ」

そんなに不満なら家を出ればいいだろ、と喉まで出かかった。結婚するなり、自分の稼ぎでひとり暮らしをするなり。できないから実家に寄生しているくせに、自分こそが家族の要みたいな顔をして。だいたい母の愚痴を真に受けるなんてどうかしている。主婦の愚痴なんて単なる気晴らしだろう。父が死んだとき、棺《ひつぎ》に縋《すが》って号泣する母を見て、日ごろあんなに不満たらたらだったのは何だったのかととまどったものだ。

「早起きすればいいいんだろ」

「何その言い方。それだけの話じゃないでしょ」

いいかげんしつこい。棚島は夢乃の顔を睨むように見据えた。妹の顔が、見たこともない〈色葉〉の顔に思えてくる。その口から、あのいまいましい言葉が吐き出される──貴方は本当に子供を愛していますか。

棚島は〈ソラパパ〉という名で、衣装製作の過程をブログで公開している。美空の父親だからソラパパ。安直だが気に入っている。

〈色葉〉なる人物は、そのコメント欄にいきなり乱暴な一文を投げ込んできた。棚島は一瞬かっとしたが、すぐに冷静になった。何にでも嚙みつく輩《やから》はいる。たとえば愛情をエゴ、親切を偽善と言いたがり、それを知性と勘違いしているような輩だ。まともに相手にするには幼すぎる。

そう思ったなら放っておくべきだったのに、つい返信してしまったのは、自分で思うほど冷静ではなかったということなのだろう。

お子さんはいらっしゃいますか、というカウンターパンチは思った以上に効いて、かえって相手を昂《たか》ぶらせてしまったようだ。あの日から〈色葉〉は批判的なコメントを執拗《しつよう》に連投してくる。


——貴方のなさっている事は、親の自己満足に過ぎません。

——娘さんの気持をちゃんと聞いてあげていますか。

——子供の心理および虐待に関するサイトをご紹介しますので、参考になさって下さい。


よけいなお世話どころか誹謗《ひぼう》中傷だ。完全な言いがかりだ。だが本人はしごく正しい意見を、しかも親切で述べているつもりらしく、だめな父親であるあなたを私が啓蒙してさしあげます、とでも言わんばかりだ。

色葉。イロハと読むのだろうか。文章の感じからして、おそらく女だ。視野が狭くて独善的な、鼻持ちならない女。

「俺が美空を愛してないっていうのか」

押し殺した声に、夢乃が怯《ひる》んだのがわかった。反抗期の棚島がドアに八つ当たりをしたときと同じ反応だ。

「そうは思わないけど」

口ごもる夢乃を置いて、棚島は洗面所へ向かった。昨夜の飲み会の疲れ、寝不足、レジャーシートの臭い、夢乃の批判、顔にへばりついたすべてをさっさと洗い流してしまいたい。

柔軟剤の香りがするタオルを顔から離し、鼻からゆっくりと息を抜いた。そうだ、あたりまえじゃないか。俺は美空を愛してる。

朝食はとらないことにして、居間で新聞を読みながら待っていると、ひょこっと顔を出した美空が、大きなリボンのついたバッグを振ってみせた。

「行こ、パパ」

「準備できたのか」

実家で出かけるときは夢乃の車を使う。亡き父の車は売ってしまい、棚島の車はこちらにはない。美空が生まれたころにファミリータイプのものを買ったのだが、いまは乗る機会もなく、公務員宿舎の駐車場で眠り続けている。病院の深雪と同じように。

ハンドルは夢乃に任せ、棚島は母と並んで後部座席に乗り込んだ。シートにもたれて軽く目を閉じたが、エンジンがかかったとたんに甲高《かんだか》い歌声が耳に刺さった。美空の好きなアイドルのゲームの、ステージのシーンだけを集めたＤＶＤが入れっぱなしになっているのだ。

三曲目の途中で目的地に着いた。日本中のどこにでもあるような特徴のない公園だが、この時期はチューリップが咲き誇り、晴れた休日ともなると家族づれやカップルで賑わう。

「美空、こっち向いて」

花と触れ合う娘の姿を、棚島は携帯のカメラに収めた。画像フォルダは美空でいっぱい。ロックの暗証番号は、美空の誕生日の月と日を入れ替えた数字。どうだ、と〈色葉〉に見せてやりたい。

続けて何枚か撮っているあいだに、ピクニックの支度が整っていた。レジャーシートに座り、美空が握った少し緩いおにぎりを食べる。いつのまにか上手になったものだと感動してしまうのは、親ばかというものだろう。

三十分ほどで食事を終え、棚島は夢乃から車のキーを受け取った。

「美空、しっかり遊んでおいで。そのあいだにパパはがんばるから」

「すてきなの作ってね」

美空はわがままを言わず、棚島に手を振ってアスレチック広場のほうへ駆けていった。母が慌ててあとを追う。記憶のなかの若い母はたいていパンプスを履いていたが、祖母になってウォーキングシューズが板についている。

「じゃあ五時ね」

迎えの時間を確認した夢乃は何か言いたげだったが、棚島は気づかないふりをした。

家に向かって伸びる急坂を、夢乃の軽はうんうんと登った。車でもこうだから、終電でこちらに着いて自分の脚で登るときなどはかなりつらい。

深雪を初めて実家に連れてきたときは、坂の下まで車で迎えに来てもらおうかと本気で考えたくらいだ。深雪は細い腕で頼りないガッツポーズをしてみせた。ひとりでこの坂を登るたび、妻の思い出とすれ違う。

帰るなり自室にこもった。ベッドも机も高校時代に使っていたままだが、いまの生活スタイルを選んだときに、残ったスペースに無理をして大きめの作業台を入れた。その上には高性能のミシンが載っている。

子どものころから手先が器用で、細かい作業が好きだった。粘土にパズルにプラモデル、釣りのしかけを作るのも得意だ。手芸もそういった趣味のひとつとして楽しんでいたが、思春期に差しかかって周囲には隠すようになった。男だけでパティスリーに行き、男も化粧水やリップクリームを使うのがあたりまえになった現代の若者には、よくわからないかもしれない。

美空が生まれて、再び堂々と表に出せるようになった。とはいえ、職場ではどう受け取られるかわからないので隠し続けている。棚島にとって〈ソラパパ〉のブログは貴重な場だった。マイナーな趣味だけに読者は限られていて、棚島を嘲《あざけ》ったり侮ったりする者はいない。

〈色葉〉のことが脳裏をよぎったが、考えないようにして衣装の製作に集中した。黒が基調のロマンティック・チュチュ風のドレス。まだまだ完成には遠いが、だいぶ形になってきている。近ごろは縫わずに作るという簡単な方法も見かけるが、棚島のはいわば本格派だ、手間はかかるが出来が違う。

作業に没頭するうちに、気づけば四時半になっていた。五時ちょうどに公園の駐車場に着くと、美空はすぐに車を見つけて駆けてきた。かすかな汗の匂いとともに助手席に乗り込んでくる。膝小僧に絆創膏《ばんそうこう》が貼られていた。

「それ、どうしたんだ」

「いつのまにか血が出てた。夢乃ちゃんが貼ってくれたの」

ごめんね、と後部座席から口を挟む夢乃の声は、どこか悔しそうだ。

「ちゃんと見てたつもりなんだけど」

棚島はべつに咎《とが》めなかった。バックミラーのなかで夢乃がかすかに唇を歪《ゆが》める。

美空は何ともない様子で、棚島が止めておいたＤＶＤを再生しようとしていた。

「美空、すごく痛くはないんだな」

「うん。お風呂に入ったら染みそうだけど」

画面の少女たちが弾《はじ》けるように歌い出し、棚島は声を大きくした。

「母さん、晩飯はどうする」

シートに沈み込んでいた母が身を起こす。夢乃が言っていた、体がきつそうなときがあるというのは本当のようだ。

「冷蔵庫にあるものでと思ってたけど」

「いいよ、特に準備してないなら食べて帰ろう」

「まあ、じゃあ楽させてもらおうかしら」

何が気に入らないのか夢乃が顔を背けたが、気にせず母だけを相手にする。

「何か食べたいものある」

「お母さんは何でもいいわよ。いつもひとりで侘《わび》しい食事をしてる人が決めなさい」

とたんに夢乃が母のほうを向いた。

「どうしてそうなるの。たまにはお寿司が食べたいだの、いいお肉なんてどのくらい食べてないかわかんないだの、しょっちゅう言ってるじゃない。フォカッチャなんて聞いたことも見たこともないとか言ってさ、前に私が食べに連れてってあげたってーの」

「何よ、急に。そんな話、いまは関係ないでしょ。この歳になるとカタカナの名前は憶えられないんだから、しかたないじゃないの」

「あのさあ、なんでそうお兄ちゃんに対していい顔したがるわけ」

「いい顔なんて。ふだんひとりでしんどい思いをしてるから、家にいるときくらい」

「結局、母親は男の子に甘いってことね。食べるものひとつとっても、美空の食べたいものにしようとは言わないいんだもんね」

棚島は外食を提案したことを後悔していた。なぜこんなことで言い争いになるのだろう。互いにひとことずつ呑み込むだけで、言い方を少し変えるだけで、気持ちよく過ごせるはずなのに。何でも性別で括《くく》る考え方には賛成しないが、やはり基本的に女は感情的な生き物なのだろうか。

「美空は何を食べたい」

「ファミレス！」

歌を口ずさんでいた美空は、フレーズの合間にすばやく叫んだ。お目当てはドリンクバーに違いない。棚島は美空の希望を受け容れることに決めた。これ以上、母と妹の諍《いさか》いを聞くのはうんざりだ。

早めの夕食を終え、甲高い歌声に耐えて帰宅した。三杯のジュースで上機嫌の美空は、棚島が作りかけの衣装を見せると、さらに目を輝かせた。

「ちゃんとアンナちゃんのだ」

「かなり本物に近いだろ」

わざわざ美空の気持ちを確かめる必要はなかった。〈色葉〉はああ言うが、ばかばかしい、この様子を見ればわかる。

確信と自信が体にみなぎり、棚島は美空の背をそっと押した。

「さあ、夢乃と一緒にお風呂に入っておいで。パパはもうひとがんばりだ」


ゴールデンウィークも近いというのに、すっきりしない天気が続いていた。クリーニングから返ってきたばかりのスーツや鞄《かばん》のなかの書類をだめにしてしまうほどの雨は降らないが、外に出るたびに手のひらを空に向けてみなければならない。

「棚島、問七の資料はどうなってるんだ」

日暮れとともに、しつこい愚痴のような雨が降り出したころ、課長補佐から質問の形を取った叱責《しっせき》が放たれた。問といえば国会答弁書の件だ。

各省庁の職員は、国会答弁の前日に、質問をする議員からあらかじめ内容を聞き、答弁案を作って総理なり大臣なりに渡さなくてはならない。執筆はたいてい課長補佐が行い、課員は添付する資料を収集、作成する。棚島は自分に割り振られたぶんを一時間ほど前に提出していた。

「問七は私の担当じゃありませんよ」

「じゃあ誰だ」

ちゃんと把握しておけよ、と内心で悪態をつきつつ、棚島は成瀬《なるせ》に目をやった。

キャリアとして入省してきて三年目の職員で、頭でっかちの大学生の延長でしかない自分を、能力と経験を備えた一流の男に見せかけようと必死になっている。もっとも本人はそう信じ込んでいるのかもしれない。相槌《あいづち》を打ったり了承したりする際に、顎を引くのではなくしゃくる癖があって、棚島はそれが好きではない。

成瀬はいつ買ってきたのか、コーヒーチェーンのロゴが入った紙カップを手に、こうも体がだるいのは気圧のせいだとかなんとかしゃべっている。上着を脱いで軽く袖をまくり、いかにも大仕事と格闘しているふうだが、成瀬に任されたのはごく簡単な一問だけだ。

「成瀬、問七の資料が上がってないって」

「ええ、まだ上げてません」

振り向いた成瀬が当然のように答えたので、棚島は困惑した。おしゃべりにつきあっていた面々も、ぎょっとした顔になる。

「上げてませんって、レクが十九時からなんだぞ」

「もちろんそれには間に合わせますよ」

「それはおまえに判断できることじゃないだろ」

課長補佐は頭から湯気が立ちそうな形相で執筆にかかっており、もはやこちらを見てもいない。そこらじゅうで印刷の音が響き続けている。

成瀬の生白い頬に血の色が差した。

「だったら、最初からちゃんと指示してくださいよ。これこれこうだから何時までに、って具体的に」

反論を口に出すのはやめた。どうせ何やかやと言い返してくるに決まっているし、時間の無駄だ。国会答弁書の作成は、課を上げての時間との勝負なのだ。誰もが他の仕事をいったん措《お》いて、それだけに忙殺される。

「どのくらいできてる」

成瀬はふてくされた態度で椅子をずらし、パソコンの前のスペースを開けた。表示された図表にざっと目を通すと、八割方できているし内容は予想よりもずっといい。

命じられたことは水準以上にこなすという意味で、優秀ではあるのだ。

「残りは俺がやる」

三十分あれば完成させられるだろう。

「どうぞ。どうせやる気もなくなっちゃったし」

この甘ったれたボクちゃんを無視するため、奥歯にかなりの負担がかかった。

自分の席に帰って作り上げたものを提出し、再び成瀬に声をかける。成瀬が途中まで作っていた部分にどう手を加え、最終的にどう仕上げたか、情報を共有するためだ。

「さっきの問七の資料だけど」

「いま他のことやってるんで、あとにしてください」

棚島の奥歯はまたも負担に耐えねばならない。これが提出前だったら、怒鳴りつけていたに違いない。同僚が手のひらに同情をたっぷりつけて、ぽんと肩を叩いてきたおかげで、少し慰められた。

「なら手が空いたら教えてくれ」

しかし一時間が経っても何も言わないので、もう一度こちらから働きかけると、成瀬は迷惑そうな顔をした。

「手が空いたらって言いましたよね」

「それはいつなんだ」

「わかってたら、最初から何時ごろって言いますよ」

「じゃあ、俺が仕上げたものとそれに使った資料をメールで送っとくよ」

こいつと会話をするのはもうたくさんだ。

「メールですか。たくさん来るから、重要なものが埋もれちゃいそうで怖いんですよね」

棚島は黙ってメールを送りつけて席を立った。成瀬のそばを通ったとき、彼は自説を開陳するのに夢中になっていた。そもそも日本の仕事のシステムは効率が悪いんですよ、何でも合意しなきゃいけないから膨大な資料と根回しが必要だし、組織の末端の人間に裁量権がないから意思決定が遅いし……。メールを確認した様子はない。たぶんろくに見もせずに同じミスを繰り返し、そのときには、教えてもらってないんで、などと人のせいにするのだろう。

売店で栄養ドリンクを買った。どうにか元気を奮い起こして、今日こそ美空に電話をしなければ。ゴールデンウィークを丸々一緒に過ごすことはできないと伝えなければ。仕事だと言ってわからない娘ではないが、電話を通してがっかりした気持ちが伝わってくることを思うと気が重い。

耳の下のあたりが痛くなって、ずっと歯を食いしばっていたことに気づいた。ストレッチのつもりで口を大きく開けたら、何でもいいから叫びたい衝動に駆られた。だが、もちろん耐える。いつだっていろんなものに耐えている。

翌日の昼前にいったん帰宅した棚島は、脱いだシャツを丸めて洗濯かごに叩きつけた。深雪と暮らしていたころは、こうしておけばいつのまにか汚れたシャツはなくなり、真っ白で糊《のり》の効いた姿になって返ってきたものだが、いまはそうはいかない。朝、シャツを着た際に、襟《えり》や袖口が黄ばんでいるのに気づくこともある。洗濯にひと手間かければいいのだが、クリーニングに出してしまったほうが早そうだ。

結局、まだ美空に電話をしていない。携帯を摑《つか》んでベッドに転がり、ため息をつく。母に伝言を頼んでしまおうか。だが、また夢乃に何を言われるかわからない。

半ば惰性で〈ソラパパ〉のブログを開き、コメント欄をチェックする。とたんに声を上げそうになった。

Name：色葉

Comment：みーパパさん、子供を置いて頻繁に外食するのは如何《いかが》なものでしょう。

〈みーパパ〉、やつはそう呼びかけてきた。〈ソラパパ〉とは別に、棚島がグルメサイトにレビューを投稿するときに使っている名前だ。

パンチが思わぬ方向から飛んできたため、ノーガードでくらった格好だった。頭がくらくらした。〈ソラパパ〉と〈みーパパ〉が同一人物であることはどこにも記していないし、それどころか別名義の存在すら明かしてはいないのに、〈色葉〉はいったいどうやって突き止めたのか。

〈色葉〉という名前から思い当たる人物はいない。仕事で恨みや嫉《ねた》みを買うことはあるにせよ、ここまで執念深く追い回される理由にも心当たりはない。単に頭のおかしい女なのか。

急に怒りが抑えきれなくなって、携帯をベッドに叩きつけた。携帯は大きく弾み、画面を下にして床に落ちた。割れたってかまうものか。

棚島が外食をするのは、ほとんどが仕事だ。ひいては美空のためでもある。ところが〈色葉〉の言い方では、棚島が美空をほったらかして遊んでいるようではないか。何も知らないくせに。俺がどんなにあの子を愛しているか。

いままでのコメントが目の前をちらつく。整然と並んだ文字さえ、〈色葉〉が独りよがりの正しさをひけらかしているように感じられる。

「うるさい！」

思わず壁を殴った。胸が激しく上下している。

静かな眠りのなかにいる深雪を思った。

＊

深雪とは大学で出会った。東大に落ちて、仮面浪人のつもりで入学した私立大学だった。棚島は政治経済学部、深雪は文学部。内容は忘れてしまったが、一年生ばかり三十人ほどの講義で一緒になった。

入学したてのころはみんなが周囲の人間に興味を持っていたから、勝手に入ってくる情報のひとつとして、深雪のことも知った。

フルネームは野村《のむら》深雪。棚島と同じ千葉出身で、友人からはミユキチと呼ばれていて、彼氏はいない。中学のころから和歌が好きで、その権威がいるからという理由でこの大学を選び、最初に提出したレポートが学生レベルではないと教授を驚嘆させた。

棚島が深雪を知ったように、深雪も棚島を知ったのだろう。仮面浪人であることを自分から触れ回りはしないが、自由を満喫する人の輪から外れて灰色の空気を引きずっていれば、よほど鈍くないかぎり察する。だが棚島のような学生は珍しくなかったし、容姿にも性格にも能力にも興味を引く要素などなかったはずだ。

だから、初めて言葉を交わしたとき、深雪が棚島の名前を憶えていたことに驚いた。入学から二ヶ月ほど経ったある日の昼休みだった。降り続く雨のせいかカフェテリアは満員で、棚島はそこで席を確保するのを諦め、食事を載せたトレイを持って近くの講義室に入った。次の講義には出席者がほとんどいないと聞いたことがあったから、早々に来るやつもいないだろうと考えたのだ。それは正解で、誰もいない小さな部屋では細い雨音がよく聞こえた。

深雪が現れたのは、窓際に腰を下ろした棚島が箸《はし》を手にしたときだった。学内にあるパン屋の袋を提げた深雪は、人がいるのを見てたじろぎ、それが棚島であると気づいて軽く目を瞠った。色の薄い目だなと思った。

「棚島くん、なんでここにいるの。次の講義、取ってないよね」

深雪は次の講義を取っている数少ない学生のひとりらしかった。

棚島がここにいる理由を説明すると、深雪は盲点を突かれたような顔になった。

「頭いいねえ。私、お昼によく難民になるけど、自分が取ってない講義の部屋を使うなんて思いつかなかったよ」

深雪の口から出る賞賛は、棚島をかすかに苛立たせた。

「頭いいのは野村さんのほうだろ。本当はもっと上の大学に行けたのに、和歌の勉強がしたくてここへ来たんだってね。そういうのってすごいと思う」

笑顔で褒め返したつもりだが、軽蔑《けいべつ》が伝わったかもしれない。苦労知らずのお嬢さんが好きなことだけやって評価されているなんて、うまくいきすぎだろうという思いがあった。

深雪は曖昧な微笑を浮かべ、棚島の隣をひとつ空けた席を指差した。

「ここ、いいかな」

棚島の目には内心がはっきり表れていたと、あとになって深雪は語った。それなのに会話を続けようと思ったのは、棚島が彼女を「野村さん」と呼んだからだという。棚島は気づいていなかったが、ミユキチというあだ名には、ふつうじゃない、おかしいという意味合いが含まれていて、呼ぶ側にとっては悪気のないからかいだが、本人はあまり好きではなかったそうだ。

それをきっかけにたまに話をするようになると、なるほど、彼女はミユキチだった。おかしいとまでは言わないが、浮き世離れしたところがある。色の薄い目は千年以上前の世界に釘づけで、現代のファッションや音楽や恋愛にはまったく興味がなさそうだった。

　そんな深雪が、夏休みにいきなり訪ねてきた。

　棚島は地方の市民会館で催された手芸展の会場にいた。パッチワークの作品を出展していたのだ。青系統の布だけで作り上げた、半畳ぶんほどの海の世界。水底でうつむく人魚姫のシルエット。華やかな色使いの作品が多いなかで、棚島の作品は地味すぎた。足を止める客はいない。

　変わり者がひとりいたと思ったら、それが深雪だった。棚島の趣味を知っている高校時代からの友人が深雪とも知り合いで、手芸展のことを教えたという。

　棚島は深雪の隣に立って、自分の作品を見上げた。

「おもしろい？」

「まあまあ」

　正直な答えだった。そして手芸に興味があるというわけではなさそうだ。では、なぜわざわざこんなところまで来たのだろう。

「棚島くんはなんでパッチワークを始めたの」

「ばあさんの機嫌取り。母方の祖母の趣味で、子どものころからたまに手伝ってたんだ。やめるきっかけを逸してたんだけど、去年死んだからようやくかな」

「やめちゃうの」

深雪は作品に視線を注いだままでいた。そして唐突に自分のことを語り出した。

「私、和歌のなかでも万葉集が好きなんだ。万葉集には庶民の歌が多いんだけど、技巧がないぶん素朴で、感情がダイレクトに伝わってくるんだよね」

棚島のパッチワークもそうだとでも言いたいのか。棚島は眉をひそめ、あらためて作品を見た。徹底的に暗い色彩。水底にいてなおうつむく人魚姫。わかったように評されるのは不愉快だ。

「技巧、ないかな。緻密さにはけっこう自信があるんだけど」

「そういうことじゃなくて」

深雪はしばらく黙り込んだかと思うと、またも唐突に言った。

「棚島くん、私とつきあわない?」

棚島は驚いてまじまじと深雪を見た。色が薄いのは目だけではなくて、肌は透き通るように白く、髪も染めていないらしいのに茶色っぽい。緩やかなワンピースのなかで泳ぐ華奢《きゃしゃ》な体と、外国の少女を思わせる薔薇色の頰。特に美人というわけではないのに、人を惹きつける不思議な魅力を備えている。そのことに、このとき初めて気がついた。

「急に何」

　動揺と警戒からつっけんどんな態度になった棚島に、夏休みいっぱいという猶予を与えて深雪は去った。

　後期から棚島は別人になった。ほとんど無視していた飲み会に片っ端から出席し、仮面浪人をやめたことをおもしろおかしく発表した。

「俺のおつむの程度を、親もようやくわかってくれたらしくてさ。実はここへ入るのにさえ苦労したのに、東大なんて無理だっての」

　それまで周囲と交わっていなかったうえに、長い夏休みを挟んだおかげで、棚島の新しいキャラクターはすんなりと受け入れられた。こんな話しやすいやつだとは知らなかった、と何人もに肩を叩かれた。

　深雪も参加していた飲み会で、終わりごろにそばへ行って返事を告げた。深雪は跳び上がって喜び、気づいた同級生たちが囃し立てるなか、何人かの男は明らかに落胆したりやっかんだりしていた。彼らはこの大学を確実な滑り止めとして受験し、本命には落ちたものの楽しいキャンパスライフを謳歌《おうか》している連中だ。棚島は大いに満足した。

　深雪との交際は深刻な危機もなく続いた。結婚の話が出たのは大学四年のときで、棚島が国家公務員I種試験に失敗した直後だった。三年生のうちから予備校に通い、官公庁が行うインターンシップにも参加していた棚島は、手に入れられなかった採用通知の代わりに別の何かを手に入れなければならなかった。困ったようにほほえんで酔っ払いのプロポーズを受け入れた深雪は、そんな心情を見抜いていたのかもしれない。

深雪の母が娘に公務員という職を望んでいたことを、挨拶に行って初めて知った。娘はその道には見向きもしなかったが、結婚相手として連れてきた男が国家公務員志望だと聞いて、母はたいそう喜んだという。父のほうは、早すぎるんじゃないかとひかえめに反対したが、結局は娘の意思を尊重した。

大学を卒業してすぐに結婚し、棚島は就職浪人として予備校通いを続け、深雪は棚島深雪になって大学院に進学した。祝福の声と同じくらい軽蔑の声もあったが、棚島はむしろ誇らしかった。軽蔑と嫉妬は兄弟だ。

その年の試験にも失敗し、棚島はもう一年、就職浪人を続けることに決めた。そして三度目の試験が近づいてきたある日、大学院の二年生になっていた深雪が珍しく青い顔で告げた。

「子どもができたみたい」

頭のなかが真っ白になった。職もない。経済力もない。それに深雪の論文は相変わらず高く評価され、師事している教授からも将来を嘱望されていると聞いている。計算外の事態だった。賢く考えれば、子どもは諦めるべきだった。

ところが、深雪は産みたいと言った。

「産むって、院はどうするんだ」

「辞める。和歌が好きだから研究してるだけで、学位がほしいわけじゃないもん」

「でも、せっかくキャリアを積んできたのに」

「私にはあなたとこの子のほうが大事なの。あなたとこの子のために生きたいの」

棚島はもったいなく思いながらも、大きな喜びを感じた。深雪は大好きな和歌よりも、棚島とその子どもを選んでくれたのだ。

三度目の国家公務員試験は、Ⅰ種ではなくⅡ種を受けた。子どものために生活を安定させたいと、深雪が望んだからだ。それでも充分に難関だったが、棚島はみごと合格して経済産業省に採用された。

深雪の笑顔と膨らんだ腹を見つめて、これでよかったのだと心から思えた。

楓2

ゴールデンウィークに入った昭和の日、楓は桑田の家に招かれた。軽い社交辞令のつもりだったのに、桑田は真に受けて具体的な日にちを提示してきたのだった。理由をつけて断っても先延ばしになるだけだし、ならば悟が休日出勤している今日のほうがいい。

桑田の家を訪れるのは三度目だ。一度目は結婚して一戸建てを購入したとき、二度目は長女が生まれたとき。桑田は会社では旧姓で通しているが、表札には桜井《さくらい》という姓がしゃれたフォントで記されている。玄関の外には子ども用のペダルのない自転車が、中にはベビーカーが置いてあった。

「お邪魔します。これ、つまらないものだけど」

「気を遣わなくていいって言ったのに」

手土産を受け取る桑田は、シャツにパンツ、無造作にひとつにまとめた髪と、服装も髪型もふだんどおりだ。そしてふだんよりも化粧をしていない。

「いらっしゃい、綾野さん」

一方、赤ん坊を抱いている夫のほうは、ファッション誌に載っている休日の格好をしている。ロールスクリーンや間接照明や観葉植物などのインテリアは、基本的に夫の趣味なのだそうだ。そうやって作ろうとしている雰囲気と、子どもがいる家に特有の片づいていても雑然とした感じがそぐわず、なんとなく落ち着かない。

　今日は夫もいるのかと、楓は少し緊張した。会うのは結婚式と合わせて二度目だが、どうも苦手な印象がある。悟と違って隙がなさすぎるのかもしれない。

「すみません、せっかくの休日に押しかけて」

「とんでもない。むしろうちのが強引に誘ったんでしょう」

　そんなことないよ、と対面式キッチンに立つ桑田が抗議する。

「このとおりやかましくておっかない妻なもんで、人が来てくれたほうが俺は嬉しいんですよ。な、悠真」

　桜井は外国人のように肩をすくめ、抱いている赤ん坊の顔を覗《のぞ》き込んだ。

「わあ、大きくなりましたねえ。髪もだいぶふさふさして」

「どうぞ見てやってください。ほら悠真、美人さんに見てもらえ」

　急に父親の胸から離された赤ん坊は、きょとんとした顔で楓を見つめている。つやつや光るつぶらな瞳。はち切れんばかりに丸々とした手足。まるで生命力の塊だ。

「抱っこ、どうぞ」

差し出された赤ん坊を丁寧に抱き取る。どこの子もそうだが、見た目から想像するよりずっと重くて熱い。悠真は泣きも暴れもしなかった。

「悠真、綾野が気に入ったみたい。知らない人だとけっこう嫌がるんだよ」

「さては面食いだな」

両親からそう言われると悪い気はしない。もてなしの言葉だとわかっていても、自信を持てる。

「綾野、適当に降ろしてくれていいよ」

「むしろいつまでも抱っこしてたいよ」

腕がだるくなり汗ばんできていたが、平気なふりをした。世の母親はみんなあたりまえにこうしているのだ。私だってできる。

「じゃあシッターしに来てよ。毎日になると、たまにぶん投げたくなっちゃう」

「これだから怖いんですよ」

また肩をすくめた夫を軽く睨み、桑田はテーブルにワインのボトルを置いた。つまみを中心とした料理が並んでいる。

「とりあえず飲もう。このワイン、夫のおすすめなんだって。残念ながら私はいまは飲めないけどさ。あ、悠真はそのへんに転がしといて」

楓は赤ん坊をそっとラグに横たえた。急に体が冷え、伸ばした肘が軋《きし》む感じがした。

「結菜《ゆうな》も呼んできて」

桑田に言われて桜井が階段を上っていく。なかなか下りてこないのは、娘が人見知りをして嫌がっているのだろうか。

「いいのいいの、ほっといて飲もう」

桑田は気にする様子もなく、楓のグラスにワインを注いだ。楓はワインには詳しくないが、わざわざおすすめだと言うからにはいいものだろうに、グラスがまったく釣り合っていない。グラスに限らずすべての食器が、インテリアから想像する桜井の趣味とはかけ離れている。はっきり言ってしまえば安物だ。子どもが小さいうちはしかたないのだろう。

桑田は自分のグラスにノンアルコールのワインを注ぎ、楓を急かしてグラスを掲げた。乾杯、と声をそろえる。

楓は立ち上がり、部屋の隅に置いた紙袋を持ってきて桑田に差し出した。

「これ、遅くなったけど悠真くんの出産祝い。おめでとう」

「えっ、さっきお土産もらったじゃん」

「それとこれとは別だよ」

「わあ、ごめんね。ありがとう」

お決まりのやりとりが少しわずらわしい。

デパートの包みを開けた桑田は、ベビー服を広げて歓声を上げた。

「かわいい。やっぱ綾野はセンスいいね」

「気に入ってもらえたならよかった。もうひとつの包みは結菜ちゃんに」

「結菜のまで」

そちらは帽子だ。職業柄、女児のプレゼントは選びやすい。

「これから暑くなるからと思って」

「さすが。綾野はいますぐママになれるね」

「無理、無理。私、家事は苦手だし、仕事も楽しいしさ」

「そんなの必要に迫られたらなんとかなるって。この子の母親は私しかいない、私がやってあげなきゃってなるよ。やっぱ子どもって全身で母親を好きだからさ」

「そういうもんかな」

どう反応していいかわからなくなって、ワインに口をつけた。

私にも子どもができれば、その子は私を全身で好きになるんだろうか。私はそれにちゃんと応えられるだろうか。できると桑田は言う。きっとできると思いたいけれど。

階段を下りる足音が聞こえてきた。桜井が娘を動かすことに成功したらしい。しかし現れた結菜は、父親の脚にしがみつくようにして隠れている。

「こんにちは」

楓は身を屈めて笑顔で挨拶したが、結菜はむくれたままだ。みぞおちが冷たくなった。言い方がどこか悪いのか。子どもを持つ母親なら上手にコミュニケーションをとれるのか。

「結菜、こんにちは、は」

「ごめんね、このごろ人見知りするの。ふだんはこうじゃないんだけど。気にしないで」

桜井と桑田の言葉も、できない楓をどうにかフォローしようとしているように聞こえる。

「結菜ちゃん、急に遊びに来てごめんね。プレゼントにお帽子、持ってきたよ」

冷や汗をかきながら語りかけたが、結果は同じだった。

「あら、まあ、そういう年齢だよね」

平気なふりで笑ってみせたものの、頬がこわばるのを感じる。楓はもうひと口ワインを飲み、話す相手を桜井に切り替えた。

「おすすめのワイン、すごくおいしいです」

桜井は蘊蓄《うんちく》をひとしきり披露した。桑田は聞き飽きているのか、ぱくぱくと料理を口に運んでいる。

「家のことに協力的なんですね。育児に関してもそうですし」

「いや、当然ですよ。イクメンなんて言葉があるけど、あれって変だと思いませんか。父親が育児をするのは特別なことじゃない。母親が育児をしたってイクジョなんて言わないのに」

「たしかに、言われてみればそうですね」

相手にされていないと感じたのか、結菜が父親の脚から離れ、母親のもとに駆け寄った。しなだれかかるように顔をこすりつける。

「どうしたの、急に甘えん坊になって」

桑田は笑って娘を膝に抱き上げた。

「あんたも食べるの」

結菜はやはりむくれたまま、こくんとうなずいて、桑田が取ってやったクラッカーを両手で持った。桑田の耳に口を寄せて何か囁《ささや》き、すると桑田がオレンジジュースを注いでやる。

「結菜ちゃん、おいしい?」

楓は勇気を出して三度目の挑戦をした。結菜はぷいっと顔を背け、クラッカーのかすがくっついた頬を母親の肩に埋めた。

「ああもう、やめてよ」

桑田は言葉とは裏腹に嬉しそうだ。甘えられることを喜んでいる。結菜のほうも、叱《しか》られてもやはり母親がいいらしい。悠真がむずかって桑田が授乳を始めると、結菜は席を立って母親の背中にひっついた。桜井や、まして楓が声をかけても振り向きもしない。

いろんな家庭で何度も見せつけられた光景だった。その瞬間、心を開いてもらおうという努力がばかばかしくなる。どうせ母親には敵わない。同じ愛情を手に入れるには、自分の子どもを持つしかないのだ。

楓は結菜への働きかけを放棄し、ワインと食事を楽しむことに専念した。よくできた夫は、妻の客を退屈させないようそつなくもてなしてくれた。

そろそろ帰ろうというころになって電話が鳴った。ダイニングに備え付けられた固定電話だ。

「はい、桜井です」

桑田の応対を聞いて、目が覚めた気がした。そうだ、固定電話だ。各々の携帯電話でこと足りるため、楓の家では固定電話を引いていない。だがそれは、ひとり暮らしでも同棲《どうせい》しているカップルでもない、家庭を象徴するアイテムに思える。子どもと固定電話。前者はともかく、後者ならすぐ手に入れられる。

「今日はありがとう。すっかりごちそうになっちゃって」

「こっちこそ。結菜にまでプレゼントもらっちゃって」

桑田につつかれ、結菜はようやく「ありがとう」とか細い声を出した。

「聞こえないよ。いつもみたいに大きな声で言ってごらん」

楓は桑田を目で宥《なだ》め、隠れようとする結菜にほほえみかけた。

「どういたしまして。バイバイ、また遊んでね」

「ほら、お返事は。もう、本当ごめんね。いつもはうるさいくらいしゃべって笑う子なのにさ」

悠真を抱いた桜井が、小さな手を持って左右に動かす。手を振り返しながら、楓の心は冷めていた。結菜が今日だけかわいくない子だとしても、いつもかわいくない子だとしても、私にはどうでもいいのに。結菜だって、よく知らないおばさんにどう思われようがかまわないだろう。いつもはこうじゃないと言いたがるのは、親の見栄ではないのか。何度も読み返した〈ソラパパ〉のブログが頭をかすめる。

ベビーカーと子ども用自転車に見送られて桜井家を出ると、バルコニーから洗濯物のはためく音が降ってきた。家族の洗濯物がひるがえり、ときに目を射るように光る。夕方になって風が出てきたらしい。砂埃《すなぼこり》を孕《はら》んでざらついた風。

神奈川まで足を延ばして父を訪ねることにした。両親は楓が十四のときに離婚しており、楓は父に引き取られて、大学に進むまでふたりで暮らしていた。父はいまもそのマンションに住み、定年までは都内の銀行に勤めている。

「おう」

父はいつもの言葉で娘を迎えた。来る前に連絡を入れたので、慌てて見えるところだけ掃除をしたようだ。とはいえ部屋の隅やカーテンレールには埃が残り、空気はどこか淀んでいて、コンロは油でべとついている。もっとも楓も家事に関しては大雑把《おおざっぱ》なので、ふたりで暮らしていたころもこんなものだったかもしれない。

家のなかがいつもぴかぴかだったのは、母がいなくなるまでだった。銀行員の父は転勤が多く、楓が幼いうちは家族で全国を転々とした。楓の小学校入学を機に都内に一戸建てを購入し、父は単身赴任をするようになった。中学二年まで住んだ一戸建ての他は、外観も内装もよく憶えていないが、どの家も掃除が行き届いていた印象がある。

カエちゃんち、めっちゃきれいやん。いつか遊びに来た友達に言われた。初めて触れた関西弁だったから記憶に残っているのだろうか。

楓がその子の言葉をまねて、自分のことを「うち」と言ったことがある。「わたし」でしょ、と母はその場で言い直させた。母は、おしなべて周囲と打ち解けるのが得意なタイプではなかったように思う。親しい友人を作ることもなく、あまり外出もせず、どんな気持ちで家を磨いていたのだろう。凝った料理をこしらえ、娘の髪を複雑な形に結い、服や小物を手作りしていたのだろう。

しゅんしゅんと湯の沸く音で我に返った。べとつくつまみを捻って火を消し、息を吐く。よそう、あの人のことなんて思い出すのは。

「正月以来か」

楓が淹《い》れた茶を、父は音を立てて啜《すす》った。

「ごめんね、しばらくばたばたしてて」

「新創刊するって件は一段落ついたのか」

「まあね」

「売れ行きはどうなんだ」

「そこそこかな」

雑誌の詳細を語ってもよくわからないだろうし、ミスについては話しても心配させるだけだ。父としても定型文のような励ましを口にすることしかできないだろう。

「それにしても、伝統ある雑誌のリニューアルを任されるなんて大したもんだ。もうすっかりベテランだな」

「まだまだだよ。でもだいぶわかってきた気がする」

冬桜社に入社したとき、楓は情報誌の編集を希望していた。希望どおり配属されたのだが、上司とのある問題によって、二年ほどで追い出されるように異動になった。児童誌などまったく興味もなじみもない分野だったので、最初はショックを受けたものだ。

だが先任者たちの仕事ぶりを見ているうちに、少しずつ気持ちが入っていった。リニューアルの際には衝突もしたが、基本的に同僚の力は認めている。子どもを持ちたいとぼんやり思い始めたのには、仕事の影響もあるかもしれない。

「その、どうなんだ」

「何が」

父が言いたいことはわかったが、楓は知らんぷりをした。父は少し慌てたように茶を飲んだ。楓自身の子ども、すなわち父の孫。その言葉を口に出せずにいる。

楓は立ち上がり、ほとんど空っぽの冷蔵庫から塩辛を取ってきた。お茶うけに塩辛というのが父の定番だ。

「お父さんこそどうなの」

「仕事か」

「そうじゃなくて」

再婚。今度は楓のほうが頭にある言葉を口にできない。父もさっきの楓と同様、知らんぷりを決め込んでいるのかもしれない。

互いに持て余した沈黙を埋めようと、父がテレビをつけた。ニュースがつまらなそうな口調で株価を伝えている。もっとも銀行勤めの父には興味深いのだろう。

「そうだ、私、投資信託やってみようかと思っててさ」

「ほう」

「資料もらってきただけでろくに読めてもないんだけど、やるってなったらいろいろ教えて」

「おう」

こういう会話は安全だ。どちらも傷つかないし傷つけない。

しばらくテレビを眺めてあたりさわりのない話をしてから、楓はバッグを肩にかけた。

「そろそろ帰らなきゃ。ごめんね、手ぶらで来て何もしないで」

「気にするな」

「今度ゆっくり来るから」

去り際にはいつもそう言うものの、実現したためしはない。

玄関先まで見送りに出てきた父は、外気に触れて首をすくめた。

「日が落ちるとまだちょっと冷えるな」

楓は少しも寒くなかったから、なんだか悲しくなった。父はがっしりした体型だが、このごろは昔より骨が目立つ。

節くれ立った手に視線を落とす。父娘ふたりになってから、父はなるべく料理を作って楓と一緒に食べるよう努力していた。閑職に追いやられて時間にゆとりもできたのだろうが、やはり努力があったと思う。チャーハンが多かった。味つけはたいていしょっぱすぎた。

「あったかくしてね。シャワーじゃなくてちゃんとお風呂に浸かって」

言葉の途中で、父の背後から携帯電話のメロディが聞こえてきた。

「あ、どうぞ」

「いや、いいんだ」

父は振り返りもせず、「悟くんによろしくな」といつもの挨拶をした。笑顔がぎこちなく見えるのは気のせいだろうか。娘に会話を聞かれて照れるような相手がいるのなら喜ばしいが、やはり突っ込んでは訊《き》けない。

ここにはまだ母がいるのだ。この家に住んでいたことなどないのに、父と娘のあいだにいつまでも居座っている。

楓がドアを閉めるまで、父は玄関先から動かなかった。

ざらついた風に吹かれて帰路をたどりながら、楓はここへ来たことを後悔していた。


「何か気になる点がありますか」

崎守に問いかけられ、楓は慌てて表情を取り繕った。

談話スペースで向き合ったふたりのあいだには、先日も活躍したタブレットの他、様々な書類や本が並べられている。二度目の打ち合わせに際して、崎守は詳細な資料を豊富に用意してきた。口頭で述べる内容も前回よりずっと濃くなっている。

「いえ、企画に問題があるわけでは」

言い淀む楓の目を、崎守はじっと見つめた。またこの眼差《まなざ》し。誠実さの表れかもしれないが、皮膚の下まで見透かされるようで落ち着かない。

楓は視線を跳ね返す気で見返し、〈ソラパパ〉に対する不信感を正直に述べた。

「私もあれから少し勉強して、企画自体はぜひやってみたいと思いました。ただ、〈ソラパパ〉さんのスタンスが引っかかるんです。技術は優れているんでしょうし、人気もあるようで、崎守さんが第一人者とおっしゃったのもわかります。でも私には、あの人が娘さんを愛しているようにはどうしても見えません」

衣装製作のブログだけではなく、別名義で投稿しているグルメレビューのこともある。

先日、〈ソラパパ〉が書いた過去の記事を読み返していたら、市が主催するハロウィンパレードに初めて参加したときの記述が目に留まった。

――地元の友人たちと打ち上げ。みんなステキな衣装で、ポーズも決めまくり！

レストラン内で撮ったと思しき何枚かの写真が、顔だけ隠した状態で掲載されていた。店名は伏せられていたが、内装、日付、ハロウィンパレード、参加者たちの衣装などの情報があれば、特定するのは難しくない。

判明したレストランの名を検索バーに入力してみた。すると公式サイトに続いて、大手グルメサイトに登録された情報が出てきた。地元では有名な店らしく、たくさんのレビューが投稿されている。そのなかに気になるものがあった。


——あるイベントの打ち上げで、子どもも含めた十名ほどのグループで利用しました。従業員さんがイベントのことを知っていて褒めて下さり、写真を撮って貰《もら》った時もポーズを決めるよう促してくれ好印象。

料理はまあこんなもんかな。品数は豊富で、子どもたちが食べられるものもたくさんあって良かったのですが、味はファミレスよりはマシな程度。値段はファミレスより高め。

店内は広くテーブルも座席もゆったりしていますが、分煙が充分ではなくたまに煙草《タバコ》の臭いが漂ってきます。音楽も賑やかすぎると感じましたが、これは好みの問題かも。

投稿者は〈みーパパ〉となっていた。訪れた日は、〈ソラパパ〉がハロウィンパレードに参加した日だ。

もしやと思い、〈みーパパ〉が投稿した別のレビューに目を通した。

——銀座でカジュアルフレンチと言えばコチラ。伺うのは五年ぶりです。シェフが変わられたということで、味にどのような影響があるのか楽しみにしていました。

まずはワインをボトルで注文。店のオススメにしたんですが、私にはちょっと酸味が強すぎたかな。

気を取り直して前菜です。……うん、平凡だ。前に来た時はいちいち感動したものだけど、シェフの交代が悪い結果をもたらしているのではないかと不安に。

が、メインの鹿肉は絶品でした！　正直、ジビエには苦手意識があったのですが、それを覆してくれる味でした。

デザートはまたまた平凡。まあ、これには特に期待してなかったからいいのですが。

全体的にもうちょっと頑張って欲しい感じでしたが、連れは満足だったようなので良かったです。

急激に体温が上がるのを感じ、〈ソラパパ〉のブログを開いた。もどかしい思いでスクロールを繰り返し、記憶の隅にある記事を拾い出す。

――こんばんは。昨晩のワインが抜け切らないソラパパです。二人で一本が空けられないとはトシか……。
気を取り直して、シンデレラのドレスの続きです～。

日付は、〈みーパパ〉がフレンチレストランを訪れた翌日だ。
再び〈みーパパ〉のレビューを開いた。

――イタリアンシノワという初めてのジャンル。フレンチシノワは経験があるのですが、どうなることやら。
しかし余計な心配でした。料理はどれも素晴らしかった。さすがハイクラスホテル。

……と言いたいところですが、あの内装はどうにかならなかったんでしょうか。特に壁の色。一昔前のカラオケボックスを彷彿《ほうふつ》させられて、気分が台無しです。というわけで減点。

やはりそうか。それから数日後の〈ソラパパ〉のブログを確認した。

――新キャラの衣装に驚愕《きょうがく》しているソラパパです。チャイナ×ゴスロリ？　おっさんにはついていけんわ。ソラ氏がこのキャラ推しにならないことを祈るしかない……。

Comment：とか言いつつ、ソラちゃんにねだられたら完璧に作っちゃうんですよね。むしろ挑んでみたいとか思ってそう。もう頭の中で型紙なんか考えてたりして。

Re：ぎくっ。高い山は登りたくなる性分なんですよね～。
でもデザイン的にはあんまり好みじゃないんですよ。チャイナ×〇〇は料理とかでもあります（フレンチシノワとかイタリアンシノワとか）けど、チャイナだけでいいじゃん餃子《ギヨウザ》最高じゃんと思ってしまうおっさんなのです。とはいえ、ソラ氏が望めばもちろん作りますよ。ハイ、喜んで！


楓は確信した。〈ソラパパ〉と〈みーパパ〉は同一人物だ。

彼は娘を着せ替え人形にしているばかりでなく、シングルファーザーであるにもかかわらず、娘を放っておいて頻繁に外食している。娘の犠牲の上に成り立った趣味を得意になって語っている。

父のチャーハンの味がよみがえった。楓は〈ソラパパ〉に外食を諌《いさ》めるコメントを送った。

崎守がタブレットに息を落とす。

「〈ソラパパ〉さんのしていることは自己満足にすぎないと、綾野さんはおっしゃるわけですか。ブログのコメント欄に同じ意見を書いてる人がいましたね。たしかイロハさん、でいいのかな、色の葉と書く」

「ええ、見ました」

楓は自分が〈色葉〉だとは言わなかった。崎守がどういう考えを持っているかわからない。

「〈色葉〉さんは、〈ソラパパ〉さんに父親としての自覚を持ってほしいだけなんだと思います。でも伝わらなかったみたいですね。繰り返しの忠告を無視し続けた挙げ句、とうとうブログを停止してしまうなんて」

楓がコメントを送った同日のことだ。


――しばらく当ブログの更新を停止します。読んで下さっていた方、温かいお言葉を下さった方には申し訳ありません。世の中にはいろいろな人がいるもんですね……。

過去の記事およびコメント欄での質疑応答などは、閲覧できるように残しておきます。

最後に、これだけははっきり宣言します。誰に何を言われようと、私は娘を愛しているし、娘のために衣装を作り続けます。


記されたメッセージは、〈色葉〉への敵意をあからさまに伝えていた。善意を歪めて受け取り、耳が痛い言葉は理不尽な攻撃と見なす、そういう手合いにかかればこちらが悪者にされる。

「私は児童誌を作ってきた以上、何よりも子どもの心を大切に考えたいんです。親の自己満足を賞賛してはいけない。ですから、この企画に〈ソラパパ〉さんを入れるのは反対です。他にも衣装作りをしてる人はいるし、みんながみんなああではないでしょう」

「綾野さんのおっしゃることはわかります。ただ、何度も言いますが〈ソラパパ〉さんは第一人者です。あなたのように感じる人がいる一方、素直に賞賛し応援する人も多い。それはあらゆる『感動的な』エピソードに対して言えることですが。第一人者を取り上げないのでは何か足りない本になると、僕は思います」

楓は言葉に詰まり、ぬるくなったコーヒーを口に運んだ。崎守の言い分も正しい。

崎守は風穴を開けるようににこっと笑った。

「どうでしょう。〈ソラパパ〉さんには企画に入ってもらう、ただし綾野さんは関わらない。〈ソラパパ〉さんとのやりとりは僕がします」

「……そういうことなら」

やはり気は進まなかったが、うなずかざるをえない。

ところが、ゴールデンウィーク明けに崎守に進捗《しんちょく》を尋ねたところ、珍しく歯切れが悪かった。追及すると、意外にも〈ソラパパ〉に協力を断られたと白状した。ああいう自己顕示欲の強い人間は、出版社から依頼があったりしたら飛びつくに違いないと思っていたのに。

「理由はおっしゃってましたか」

「職場の人に知られたくないそうです」

苦い声の崎守には悪いが、楓は正直なところ嬉しかった。

「しかたないですね。では〈ソラパパ〉さんは抜きで」

「待ってください。もう一度、交渉してみます」

「無理に入っていただかなくても」

「やらせてください。〈ソラパパ〉さんがいないとだめです」

「わかりました、そこまでおっしゃるならお願いします。ですが、やはり断られた場合に備えて、こちらでも代わりの人を探しておきますね」

すっきりした気持ちで電話を終えると、編集長の菊池に何かあったのかと訊かれた。話を聞いた菊池は、顎の梅干ししわを撫で回して尋ねた。

「どうにか説得できないのか」

崎守が懸念していたように、第一人者抜きでは企画がぱっとしないと考えているらしい。そんなことはないと楓は訴えたが、菊池の顎の梅干しは消えない。菊池は馬でも宥めるように手のひらを見せ、とりあえず結論を先延ばしにすることを選んだ。

「まあ、もうちょっと粘ってみてくれ。期限が決まってる仕事じゃないし、どうせならその人、なんちゃらパパさんが入ってくれたほうがいい」

「ですから無理に入れなくても」

「綾野なら口説き落とせるだろ。うちのエースなんだからさ」

楓ははっと口を噤《つぐ》んだ。菊池の口調はいつもどおりだらけているが、目は笑っていない。

菊池の席に背を向けたとき、こちらに集まっていた視線がぱっと散るのを感じた。楓の処分を喜んでいた同僚たちが、ほくそえんで成り行きを見守っていたに違いない。あえて昂然《こうぜん》と顎を上げて席に帰ると、水峰がそそくさと近づいてきて、Sのピアスが当たるほど顔を寄せた。香水だろうか、グレープフルーツの匂いが鼻先をくすぐる。

「気をつけたほうがいいですよ。噂《うわさ》なんですけど、編集長よりもっと上の人が、綾野さんのことをよく思ってないらしいんです。ほら、『ヒロイン』の広告の件で」

楓は横目で菊池を見たが、目は合わなかった。

「それに、七月から桑田さんがこっちに異動してくるって話じゃないですか。すごいやり手なんでしょ。綾野さん、たしか同期ですよね。だから今はがんばっといたほうがいいと思います。私、綾野さんの下で仕事したいですもん。私に手伝えることがあったら何でもしますから」

ありがとう、とほほえみながら、楓は息を止めていた。柑橘《かんきつ》系の匂いは親しみやすいと言われるが、鼻につくときもあるらしい。

体にまとわりつく匂いを落とそうと、帰りにフィットネスクラブに寄った。トレーニングマシンの重りが上下する様は、ギロチンを思わせる。もっともこれでは刃が厚すぎて、斬るのではなく叩き潰すことになるだろう。そこへ頭を差し入れるところを想像し、目を逸《そ》らす。

その夜は久しぶりに悟と食事の時間が合ったので、固定電話を引いてはどうかと提案してみた。しかし悟は乗り気ではなく、話は流れてしまった。

どうしても固定電話が引きたいわけではない。どうしても子どもがほしいわけではない。

ただ、何もかもがなんとなくうまくいかない。

棚島2

眠れる森の美女は、王子のキスで目覚める。絵本かアニメでそれを知った美空は、深雪にキスをするよう棚島に迫ったものだった。もう三年以上も前のことだ。

「変わらないな」

眠り続ける深雪の顔を見下ろして、利一が呟《つぶや》いた。

「ああ、不思議なくらい変わらない。ちょっと指輪が緩くなったくらいか」

「いまにも目覚めそうだ」

「そう言い続けて五年だよ」

棚島のため息に吹かれたように、深雪の肌の上でカーテンの影が躍った。

ひかえめに開けた窓からは、五月の爽やかな風が入ってくる。深雪のやわらかな前髪や長い睫毛《まつげ》を震わせるが、彼女がくすぐったそうに表情を動かすことはない。白い部屋の白いベッドに横たわる白い女。ゴールデンウィークに美空が持ってきた花が、枕もとで茶色く朽ち始めている。

「いつも悪いな」

振り向いた利一は大げさに目を見開いた。

「おいおい、友達の奥さんだぞ。深雪さん自身とも何度も会ってる。むしろ俺が見舞いに来たいがために、忙しいおまえにもつきあってもらわなくちゃならなくて、申し訳ないくらいだ」

「家族がいないときでもおまえは通してくれって、病院に言ってみたんだけどな。規則だからだめだってさ」

「なんだか古巣を思い出すな」

「たしかに、あそこは何でも規則と前例だ。そのせいでリーチみたいに優秀なやつが」

「俺のことはいいよ」

苦笑いする利一の口もとには無精髭が散っていた。深雪とは逆に、たった五年でこれほど変わるものかと驚く。光のなかに立って、なお自身が輝きを放っているような男だったのに。

「それより、いまリーチって言ったな」

「おまえの名前だろ」

「とぼけるなよ。『りいち』じゃなくて『リーチ』って。三十年以上もつきあってきた名前なんだ、聞き分けられる」

利一ははっきりと発音して、自分の耳をとんとんと叩いた。

「しかたないだろ。俺たちにとって、おまえはずっとリーチだったんだから」

棚島は麻雀《マージャン》の牌《パイ》を切る動きをしてみせた。

太宰《だざい》利一とは同じ年に経済産業省に入った。ただし利一の場合は、東大法学部から国家公務員I種試験に合格し、いわゆるキャリアとしての入省だ。定番のエリートコースかと思いきや、利一は省庁ランク最高位の財務省を蹴って経産省を選んだという変わり者だった。聞けば、棚島が就職浪人だった期間と同じ年数、大学を休学して世界を旅していたという。

利一の能力が図抜けていることは、誰の目にも明らかだった。事務次官のポストに就けるのは同期でひとりだけとされているが、この期は利一で決まりだと早いうちから囁かれており、「事務次官の座にリーチ」という意味と名前をかけて、みんなが彼をリーチと呼ぶようになった。

出世の階段を飛ぶように駆け上がっていた利一が退官するなんて、誰が予想しただろう。

マラソンの実況の途中で、アナウンサーが急に切羽詰まった声で割って入ることがある。異変です、ここまで快走してきた誰それにアクシデントのようです、まさかのブレーキ、さっきから異常があったんでしょうか。まさにあんな感じだ。ストレスを抱えていたのは知っていたが、いつから病んでいたのだろう。

もう無理なんだ、と利一は笑った。それまで見たことのない、力のない笑みだった。体よりも心が「もう無理」なのだとわかった。深雪が事故に遭う数ヶ月前のことだ。

「リーチか。違う意味で、俺にはぴったりの呼び名かもしれないな。いいとこまで行くけど上がれない」

利一の表情はあのときの笑顔に似ていたが、いまのほうがしっくりくる。折れた状態にすっかりなじんでしまったのだろう。スーツはもう似合いそうにない。

「具合は」

「会うたびに訊くなよ。もうなんともないって言ってるじゃないか」

利一は質問を面倒くさそうに遮った。

「俺なんかより深雪さんの心配してろって」

病室に来てから、眼差しはほとんど深雪から離れない。

「医者は相変わらずか」

「ああ、可能性はありますって言うだけだ。できるだけ話しかけたり手を握ったりしてあげてくださいってさ。美空が一生懸命やってる」

救急で担ぎ込まれた都内の病院から千葉に転院させたのは正解だった。あまり見舞いの時間が作れない棚島よりも、美空たちが訪れやすいほうがいい。

深雪の実家も千葉だが、母親は亡くなっており、棚島の母より十以上も老齢の父親だけがひとりで暮らしている。深雪がこうなったとき、義父は棚島に離婚を勧めた。まだ若いのに目覚めるかどうかもわからない女を待ち続けるのは気の毒だ、娘は自分が看《み》るからと。この状態での離婚はまず認められないということは、知らなかったのだろう。

しかしそう言った義父自身も体が利かなくなってきて、特に車の自損事故で骨折してからはめっきり弱ってしまった。免許も返納したため、頻繁に見舞いに来るどころか、自分が病院へ通うのにも苦労しているらしい。関西に住む深雪の兄夫婦に呼ばれており、近いうちにうなずくことになりそうだ。

老いの問題はいずれ棚島の母にも訪れる。夢乃だっていつ実家を出るかわからないし、仕事の状況によってはいまほど自由に動けなくなるかもしれない。それに、美空はいつまで一方通行の会話に耐えて待てるだろうか。たとえ気持ちがもっても、成長するにつれて忙しくなるのは避けられない。誰もが時の流れに乗って進んでいるから、止まっている深雪とはどうしても離れていく。

「おまえは」

利一が静かに訊いた。目は深雪に向けられたままだ。

「美空ちゃんじゃなくて、棚島、おまえはどうなんだ」

棚島は答えに詰まった。

「言葉もないよ」

「責めてるんじゃない。おまえがどれだけ忙しい身か、元同僚だからわかるよ。俺はただ、おまえの気持ちを聞きたいだけなんだ」

「……たまらないよ」

軽く返したかったのに、搾《しぼ》り出したような声になった。

同じ言葉を、事故のあとすぐのころにも口にしたのを思い出す。やはりこうして利一と並んで病室に立ち、ふたりとも深雪を見つめていた。薬指に嵌まった銀色の指輪が、やけに冷ややかな光を放っているのも同じだ。

「たまらない」

棚島は繰り返した。唇の端がぶるぶる震える。もう限界だと叫びそうになる。

利一は天井を仰ぎ、吐息混じりにそうかと言った。

「深雪さんの最後の言葉は、やっぱり意味がわからないままか」

棚島は黙って首を横に振った。

――ベランダに出てよ。

事故の日の朝、深雪はそう呟いた。

こうして寝顔を見ていると、深雪からの謎かけのように思えてくる。解けたら目を覚ますというなら絶望的だ。ヒントになるのは思い出だけだろうに、どんどん薄れていく一方なのだから。

利一がベッドを回り込んで、窓をもう少し開けた。カーテンが膨らみ、時間が動き出す。利一は窓を背にして立った。

「ところで、今日、時間を取ってもらったのは、深雪さんのお見舞いだけが目的じゃないんだ」

光を従えてほほえむ様は、かつての経産省のエースを彷彿させる。

ふいに不思議でたまらなくなった。利一と会っているときしばしば思うことだが、なぜ堂々と元同僚の前に姿を現せるのだろう。みじめだとは感じないのだろうか。

利一は経産省を辞めたあと、しばらく何もせずにいて、それから予備校に勤め始めた。退官したとはいえ東大卒の元キャリア官僚ということで、再就職の口はわりと早く見つかったようだ。同時にライターもやっていて、官僚時代の知識や経験を活かし、コラムなどをちょこちょこ書いているという。棚島は読んだことはない。

同僚のなかには、利一の現況を知って哀れむやつがいる。ばかにするやつもいる。本人だってそれはわかっているはずだが、気にしている様子はない。

「こないだおまえに、というか〈ソラパパ〉さんに、崎守ってライターから取材の依頼メールがあったろ」

「なんでそれを」

「俺もそういう業界に片足つっこんでるからさ。崎守とは知り合いなんだ」

「へえ、それで」

なんとなく用件の予想がつき、つい受け答えがつっけんどんになる。

「こないだ崎守と飲んで、〈ソラパパ〉さんなら友達だって話したんだ」

「おまえ、勝手に」

「そんなに尖るなよ」

「尖りもするよ。要はコネを利用しようって魂胆だろ」

「身も蓋《ふた》もない言い方だけど、まあそういうことだ。取材、受けてくれないか」

利一が臆面もなく頼んできたことに驚いた。思わずまじまじと顔を見たが、とりたてて名前をつけるほどの感情は表れていない。

「悪いけど断る。返事は変わらないよ」

「職場の人に知られたくない、か。知られて困る趣味だとは思わないけどな」

「いろんなやつがいる。特にうちの職場は古いだろ。こないだ後輩の結婚式でスピーチした上司なんて、おまえも知ってる人だけどさ、早く子どもを三人もうけて一人前の日本人になってくださいって言ったくらいだ。男が手芸ってだけでもばかにされそうなのに、作ってるのが女児のコスプレ衣装じゃ変態扱いされかねない」

「神経質になりすぎじゃないか」

好きに生きてきたおまえとは違うよ、と心のなかで返す。落ちぶれても平気で元同僚に会える利一は、人の目を気にして自分を偽ったことなどないのだろう。

棚島が黙っていると、利一はわかったというように軽く両手を上げた。

「なら、名前や顔は出さないようにする。それでどうだ」

棚島がまだうなずかないと見るや、利一は媚びる表情になった。

「なあ、頼むよ。俺の顔を立ててくれ。昔は俺がフォローしてやったことも」

「わかった」

これ以上、聞きたくなかった。たしかに利一には仕事で何度も助けてもらったが、そのことを自分から持ち出して恩に着せてくるなんて。あらゆる点で劣っていた棚島に、こんな表情を向けるなんて。五年という月日をあらためて痛感する。

「わかったよ、利一」

りいち、と発音したことに彼は気づいたに違いない。しかしそんなそぶりは見せず、人好きのする笑顔になった。

「助かるよ。崎守に了承を取って、また連絡する」

こうはなりたくない、絶対に。

「さっきの条件、守ってくれよ」

念を押して利一と別れ、その足で実家に向かった。週末はすべて実家で過ごすつもりで、昨夜から泊まっている。

転げ落ちていく深雪の思い出を横目に坂を登り、ただいま、と玄関の引き戸を開けた。すると待っていたとばかりに夢乃が階段を下りてきた。

「ごめん」

いきなりふてくされたように告げる。幼いころから優秀だった妹は、自分の失敗を認めざるをえないとき、いつもこんな言い方をした。最近は顔を合わせれば棚島を責めるばかりだったので、少し愉快な気がする。

「何が」

「美空が例のゲームのサイトを見たがったから、私の携帯で見せてあげて、ついでにお兄ちゃんのブログを見せたの」

嫌な予感がした。更新は停止したが、過去のコンテンツは閲覧できる状態で残してある。

「今日はパパがこっちにいるにもかかわらずほったらかされてるから、せめてパパが美空のために何かしてるところをと思って」

「ほったらかされてるってなんだ。俺は深雪の見舞いに行ったんだぞ」

「深雪さんのお見舞いなら、美空も連れてけばいいでしょ。利一さんに会いに行ったんじゃん」

棚島は奥歯をぐっと合わせて廊下に上がった。言い返したら話が逸れるばかりだ。

「それで」

「美空に見せたことなかったんだね」

「製作過程なんかおもしろくないだろ。あれは同じ趣味を持ってるか興味があるか、そういう人たちに向けて公開してるもんなんだから」

「でも美空は楽しそうだったよ。……コメント欄を見るまでは」

嫌な予感が当たった。

「美空は」

「自分の部屋」

棚島は夢乃を押しのけて階段を上った。『ＭＩＳＯＲＡ』とプレートがかかったドアは閉ざされ、なかからは何の物音も聞こえない。

「美空」

ノックして呼びかけるが返事はない。さっきまで同じことをしていたのだろう夢乃が、階段の途中に立って不安げな視線を投げてくる。

ドアを開けると、美空は入ってこないでとは言わなかったが、おかえりとも言わなかった。ベッドに潜り、小さく丸まってじっとしている。閉めきった部屋は、午後の日差しに隅々まで暖められて温室のようだ。

棚島はベッドに腰かけ、膨らんだ布団の端を少し浮かせた。熱気と汗の匂いが漏れて、長い髪の先が見えた。さらに布団を浮かせて空気を入れてやる。

「出ておいで。暑いだろ」

「暑くない」

拗《す》ねた声でも聞けたことに手応えを得て、棚島は布団をすっかりめくった。丸まったままの美空はびっしょり汗をかき、Ｔシャツや髪が肌に張りついている。

「パパのブログを見たんだって」

美空はシーツに顔を押しつけた。

「美空、あれはね」

「パパは美空を愛してないの」

くぐもった声で放たれた問いに、息が止まる。

「貴方は本当に子供を愛していますか、って書いてあった」

〈色葉〉が最初に書き込んできたコメントだ。美空のあどけない声でなぞられると、それはいっそう許しがたい暴言となった。

「ねえ、パパは美空を」

「愛してるに決まってるだろ！」

自分でも驚くほど大きな声が出た。美空がびくっと震えるのを見て、反省する一方、ますます怒りが大きくなる。

「ごめん、美空。美空に怒ったんじゃないんだよ」

美空はおずおずと首を捻って棚島を見た。本当、じゃあ誰に、と潤んだ目が尋ねてくる。子どもなのに、疑問を率直に口にできないのがかわいそうだった。

「パパはそれを書いた人に怒ってるんだ。だって言いがかりだからね」

「言いがかりって何」

今度は声に出して訊かれ、少しほっとする。

「言いがかりっていうのは、本当とは違うことで相手を責めて困らせることだよ」

「本当とは違うこと？」

「パパは美空を愛してるのに、愛してないって責められたんだ」

美空はそろそろと体を起こし、ベッドにぺたんと両膝をつけて座った。

「パパは美空を愛してるの」

「あたりまえだ。パパは美空を世界で一番、愛してる」

くそったれの〈色葉〉に聞かせてやりたい。

花が咲くように笑顔になった美空を、棚島は強く抱きしめた。

「いつも一緒に暮らせないから不安になるかもしれないけど、それは間違いなく本当だ」

「一緒に暮らせないのはママがああだからしかたないんだって、おばあちゃんが言ってたよ。パパはひとりで美空のためにがんばってくれてるって」

「ママもがんばってるんだよ。美空のために目を覚まそうって」

「じゃあ美空もがんばる。おばあちゃんも夢乃ちゃんもいるし、お友達もいっぱいいるから寂しくないよ」

胸が詰まって言葉が出なくなる。

こんないい子を、あいつが傷つけた。〈色葉〉、絶対に許さない。

その夜は衣装作りを放り出してパソコンに向かった。

色葉。検索。何百万件ものページがヒットする。

棚島は検索サイトを閉じ、次にSNSを片っ端から当たった。ブログによこしたコメントの堂々とした態度からして、色葉というのはあの場だけの捨てネームではなく、常に使っている名前ではないかと思ったのだ。

ユーザー検索機能で「色葉」を探すと、ひとつのサービスにつき数人から数十人のユーザーが表示された。そのなかから、アイコンの画像やプロフィール欄を参考に、絶対に違うだろうというものを除外していく。

残ったのは、『ナウドゥ』というサービスを利用している色葉だった。


――三十代、女性。都内在住。充実して生きたいＯＬです。

ナウドゥのメイン機能は、ユーザーが好きな内容の短文を書き込むというものだ。書き込みは誰でも読むことができ、それに対してコメントを送ることもできる。

――頑張れるって、恵まれてる。健康で、意欲があって、応援してくれる家族がいる。感謝して、もっと頑張ろう。

――日本人は欧米人に比べて、知らない人に対して「ありがとう」と「ご免なさい」が言えない人が多いと思う。残念ながら、民度が低いと考えざるを得ない。

――話題になってる料理ブログ。確かにすごいのだけど、こだわり抜いた何枚もの写真を撮る間、お腹を空かせて待ってる子供の顔が浮かんでしまって悲しい。

書き込みをざっと読んで確信した。間違いない、こいつだ。こいつがあの〈色葉〉だ。ブログへのコメントと同じ臭いがぷんぷんする。自分自身のことが好きでたまらないのだろう。

鼻につく文章を攻撃するのはたやすい。しかしまだ足りない。

棚島は〈色葉〉のＩＤに目をつけた。ナウドゥを利用するには、ユーザーネームの他にＩＤが必要だ。

humar198X

再び検索サイトを開き、〈色葉〉のＩＤを入力してみる。

ひっかかったのは、個人の日記らしかった。『或《あ》る不完全な死』という、眉をひそめるべきか失笑すべきか迷うタイトルがついている。

そのＵＲＬの末尾の文字を、棚島はひとつひとつ目で押さえた。

humar198X
体じゅうに血が巡るのを感じながら、日記に綴《つづ》られた文字を追う。

〈ソラパパ〉のブログのコメント欄と、〈色葉〉のナウドゥを開き、思わず拳《こぶし》を握った。ちょっと読んだだけで、漢字とひらがなの使い分けに同じ特徴があることに気づく。「無い」「出来る」「筈《はず》」「事」まだまだ見つかりそうだ。

書き方の類似。何より、ＩＤとＵＲＬの末尾の一致。この日記は〈色葉〉のものに違いない。

日付を見ると、最後に書かれたのは六年前だ。以降は放置されているが、それ以前の記述は断続的ではあるものの十年にも亘《わた》る。〈色葉〉の膨大な過去の日記だ。

夢中で読み進めるうち、顔に笑みが広がっていくのがわかった。身の内が震え、残酷な衝動がふつふつと湧いてくる。

「見てろよ」

呟いた声は喜びの色を帯びていた。

＊

「あいつらにはついてけないよ」

利一がそう吐き捨てたのは、初めてふたりで飲みに行ったときだった。

同い年ということもあってか、棚島と利一は馬が合った。というより、利一はエリートとされる同僚を好きになれなかったようだ。

「高校時代の全国模試の順位や東大入試の得点を、いまだに披露し合うんだぞ」

利一は田舎で生まれ育ち、学生時代は山岳部に所属していた。部活とバイトと遊びで忙しく、勉強している暇などなかった。予備校の類には一度も通ったことがなく、ただ授業を受けていたら最難関大学に行けると言われたので、深く考えずに受験した。しかしもっと広い世界が見たくなり、休学して旅に出た。

利一は自分の生《お》い立ちをそんなふうに話した。好き勝手してきたんだよ、と卑下してみせたが、誇らしげに聞こえたのは棚島の僻《ひが》みだろうか。

棚島はガリ勉とは言わないまでも、人並み以上には勉強したし予備校にも通った。息抜きといえば手芸くらいで、部活にも入らずバイトもせず、深雪とつきあうまでは恋人もいなかった。それでも東大には受からなかったし、キャリアでもない。

しかし利一と親しくなってみると、こういう人間はこういう人間で苦労があるのだと知った。ストレスを吐き出し続ける利一の口の端には、ずっとビールの泡が溜《た》まっていた。職場で見かける姿からは想像もつかない。

棚島は酔い潰れた利一を自宅に泊めてやった。その年に入居したばかりの公務員宿舎だ。エレベーターなどいつ閉じ込められるかと不安になるほど古く、お世辞にもきれいとは言えないが、少しでも心地よい空間にしようと深雪は奮闘しているようだった。掃除が行き届いた室内には、深雪が買い集めた雑貨や小物が飾られていた。

「棚島、昨夜はいろいろ言いすぎた」

「酔ってて憶えてないよ」

利一の顔がほころんだところへ、深雪が朝食にフレンチトーストを運んできた。前夜の利一はろくに目も開いていなかったから、初対面のようなものだ。

利一はたっぷり十秒は深雪を見つめていたと思う。

「結婚してるとは聞いてたけど」

唸《うな》るような調子で、たいそう棚島をうらやましがった。いくらか大げさには言ったかもしれないが、まったくの演技でもなさそうだった。悪い気分ではなかった。

深雪も利一を気に入ったようだ。というより、棚島に親しい友人ができたことを喜んだ。

「太宰くんって、まず名前がいいよね。文豪みたいで」

「本人はもっと平凡な名前がよかったって言ってるけど」

「ああいうタイプ、合ってると思う」

「ああいう?」

「荷物をぽんと扱えるタイプ」

深雪はいたずらっぽい目つきになった。

「背負いたくもない荷物を背負って、下ろすタイミングを見つけられなくて、下ろせたら下ろせたで背負いきれなかった自分を責める、そんな誰かさんと違ってね」

祖母の機嫌とりで始めて、やめるきっかけを逸したパッチワーク。無理だとわかっていながら続けた、東大受験や国家公務員I種試験。思い当たることはいくつもあったが、図星を指されたのがおもしろくなくて、どういう意味、ととぼけた。

「大丈夫だよ。私が一緒に荷物を背負って、ときには下ろせない荷物を捨ててあげる」

深雪は薔薇色の頬に、やわらかく、どこか潔いほほえみを浮かべていた。

棚島は利一を頻繁に招いてもてなし、たまには自分がいないときでも深雪に食事の世話を頼んだ。お返しというわけでもないだろうが、利一はさりげなく仕事の手助けをしてくれた。利一がいずれよいポストに就いたときに棚島を引き立ててくれることを、期待しなかったとは言わないが、それだけではなくやはり気が合っていたと思う。

妻と友人とともに囲む食卓は、いつも温かかった。

楓3

崎守との何度目かの打ち合わせを終えてトイレに立った楓は、鏡のなかの自分に笑いかけた。頬に丸みがよみがえり、顔色もいい。薄い唇も切れ上がった目尻も、尖った印象より、理知や自信を感じさせる。一度は行き詰まりかけた企画が順調に進行し、広告に対する苦情もほとんどなくなったいま、もう似合わないチークは必要なさそうだ。

やらなければならないこと、やりたいことはいくらでも出てくる。それを嬉しいと感じる自分が好きだ。この風車は私という風がなければ回らない。私という軸がなければ崩壊する。

仕事に夢中になっているうちに、気がつけば午後九時を回っていた。誰かが閉めたカーテン越しに外の闇が窺《うかが》える。梅雨に入ってから暗い夜が続いているが、今夜は特に激しい雨になるという予報だった。もう降っているのだろうか。

楓は軽く首を回し、パソコンをシャットダウンした。電源が切れるのを待つあいだに、携帯をチェックする。

悟から帰宅した旨のメッセージ。今夜もひとりで食事をさせることを申し訳なく思うが、悟はそんな楓をこそ好きでいてくれる。これから帰るというメッセージを送ったら、すごい雨だから気をつけて、と優しい返信があった。

続いてナウドゥを開く。何年か前から利用しているSNSで、ユーザー名は〈色葉〉。〈ソラパパ〉のブログに書き込んだのも同じ名前だ。

〈色葉〉宛てにたくさんのコメントが届いていた。何か特別なことを書いた覚えもないのに、やけに多い。訝《いぶか》りながら内容に目を通し、ぎょっとした。

――中二病ポエム痛すぎ

――メンヘラビッチ

――盛りすぎて、もはやギャグ

そんな罵倒や揶揄《やゆ》が画面を埋め尽くしている。送り主のユーザー名は見たことがないものばかりだ。

混乱してさまよう瞳が、非公開メッセージの通知を捉えた。通常のコメントとは異なり、送り手と受け手にしか見られない一対一の連絡ツールだ。互いに承認して「フレンド」という関係になったユーザー同士でのみ使える。

震える指先でどうにかタップすると、送信者は〈いちごバンビ〉だった。プロフィールによると、二十代の独身女性で企業に勤めてばりばり働いているらしい。向こうからコメントをもらったのをきっかけに、何度かやりとりを重ねてフレンドになった。

——色葉さん、大丈夫ですか。発端はこれみたいです。もうご存じかもしれませんが一応。

文章のあとにURLが記されている。吸い寄せられるように指を当てると、現れたのは巨大匿名掲示板だった。『黒歴史を発掘するスレッド』と題し、おびただしい数のブログやSNSなどが悪意に満ちた言葉で紹介されている。

色葉という文字が浮き上がって見えた。

アラサーメンヘラ色葉ちゃんの軌跡

メンヘラ。心を病んだ人。誰が。痺《しび》れたような頭で考えながら、心臓は早鐘を打っている。心臓は答えをわかっている。

紹介文の下にＵＲＬがふたつ並んでいた。ひとつはナウドゥの。もうひとつは――。

冷たい汗が噴き出してきた。タップする指先が定まらず、画面に爪が当たってかつかつと音を立てた。表示が切り替わる。自分で開いたにもかかわらず、待ってと叫びそうになる。

或る不完全な死

目に飛び込んできたタイトルが、脳に突き刺さった。楓が十四歳から十年ものあいだ書き続けた日記。やめてからはずっと放置していて、存在さえ思い出しもせずにいたのに。

——新しい土地に引っ越した。新しい人生を始めるんだよって言われた。だったら眼球を抉《えぐ》り出したい。皮膚を剝《は》ぎ取りたい。新しいひとになりたい。だけど私のからだの中には、恐ろしい化け物が棲《す》みついたまま。

買ったばかりのナイフをおなかに当ててみたら、赤い血が流れて少し安心した。

ナイフはお守り。


——高校に入っても、やっぱり馴染《なじ》めない。表面的には上手《うま》くやってるけど、誰も好きじゃ無い。水の中から皆を見てるみたい。私ひとりが何かを隔てた場所に居る。

クラスメートが、彼氏と初めてセックスしたってはしゃいでた。全部あげちゃった、だって。莫迦《ばか》みたい。そんな物が自分の全部のわけ無いのに。


——大学入学を機にひとり暮らしを始めた。ご飯を食べるのがとても億劫《おっくう》。朝昼晩、一日に三度も、たった数時間毎に、何を食べようか考えなきゃいけない。食べ物に人生を支配されてる気がする。食べるのはきらい。

だけど食べるのが普通だから、食べなくちゃ。

——上村松園《うえむらしようえん》の『母子《ぼし》』という絵を観た。母の目が近すぎて気持悪かった。私には愛情という物が分からないのかもしれない。同じ花を見て綺麗《きれい》と言っても、同じ本を読んで面白いと言っても、実は私だけ感じ方がずれているのかも。私は多分、狂ってる。世界からはみ出してる。化けなくちゃ、上手に化けなくちゃ。

——男に別れを告げた。私と男とは、俗な言い方をすれば不倫関係にあった。社会に出たばかりの小娘にとって、二回り年上の男は大人に見えたのだろう。優しさの理由を見抜けなかったのは、私の愚かさだ。それとも、そもそも私には人間という物が分からないのか。ソファで腕枕をして貰っていたら、私のピアスが男のセーターの袖に引っかかった。絡まった毛糸に男は苛立ち、あわや私の耳を引きちぎりかけた。恐ろしかった。私は男から離れなければならなかった。成長するにつれて普通に近づけた気がしていたけれど、またこんな事を綴らねばならないのを悲しく思う。これを最後に、私が二度とここに戻ってこない事を祈る。

読みたくなどないのに、手が勝手に画面をスクロールする。目が先を追う。何者かによって発掘された過去。

「綾野さん」

水峰に声をかけられなければ、溢《あふ》れ出す記憶に呑まれていたに違いない。楓はページを閉じ、気取られないよう空気を貪った。

「どうかしたんですか」

水峰が心配そうに見つめてくる。パソコンの電源はとっくに切れていて、黒い画面に能面のような自分の顔が映っていた。楓は強いてきょとんとした表情を作った。

「え、何が」

「帰るのかなって思ったらずっと座ったままで、すごく真剣に携帯を見てるから」

「ぼけっとニュースとか読んでただけなんだけど。この雨で関西のほうでは大変らしいよ。痛ましい事故もあったみたい」

さっき小耳に挟んだニュースで、うまくごまかせただろうか。楓はさりげなく顔を背けて帰り支度を整えた。お先に失礼します、とまわりのみんなに挨拶し、不自然に早足にならないようフロアを出る。

外は道路が白く煙《けむ》るほどの土砂降りだった。傘はまるで役に立たず、たちまち濡《ぬ》れたスカートがまとわりつき、ぬかるみに腿《もも》まで浸かった心地がする。湿った人々で混雑した電車は、金魚鉢の臭いがした。クーラーが効きすぎていて、降りるまでずっと震えていた。再び役立たずの傘を差し、ぬかるみをかき分けて進む。家までの道のりが果てしなく遠く思える。

鍵を取り出す元気がなくてインターホンを鳴らした。すぐに駆けつけてくる足音がして、玄関のドアが内側から開かれた。

「おかえり」

悟の声。笑顔。胸に飛び込んで泣きたくなる。

「帰り道、大変だったろ」

「うん、もうびしょびしょ。ポム、ただいま」

ポムのおかえりを聞きながら、すばやく脱衣所に飛び込む。スカートを脱いだら洗濯表示が目に入り、顔が歪んだ。汗や雨などで他の衣料に色移りする場合があります。

どうして今日このスカートをはいてしまったのだろう。どうして過去の日記をきちんと削除しておかなかったのだろう。考えなしだったことに、こうなって初めて気づく。

「このままお風呂に入っちゃうね」

「お湯、張ってないよ」

「シャワーでいいや。ぐずぐずしてたら風邪ひきそう」

脱衣所の戸越しに声をかけ、風呂場に逃げ込んだ。勢いよくシャワーを出し、熱くなるのを待ちかねて顔にかける。

化粧も気にせずしばらくそうしていてから、弱めた水流でのろのろと体をなぞった。幸い、腹にも手首にも傷痕は残っていない。残るほど深く切ることができなかったのは、苦しみがその程度だったということなのか。ちゃんと切れる人たちに比べれば、大したことはなかったのか。

「楓、出たら何か食べる?」

脱衣所から声をかけられ、楓は慌てて腹に力を入れた。

「いい。仕事しながら焼き菓子とかつまんだから」

「そんなんじゃ体に悪いよ」

「はあい、気をつけます。悟は晩ごはんは」

「内緒。言ったら叱られる」

「言いなさい」

「俺特製バターたっぷり味噌ラーメン」

「もう、お腹」

「やっぱり叱られた。でも肥《ふと》るものってうまいんだよな。なんなら今から作るよ」

「ありがと、でもほんとにいいから。今度お願い」

悟がいなくなるのを待って、楓はそろそろと息を吐いた。少しばかり声の調子がおかしくても水音が隠してくれたはずだ。

パジャマに着替えて出ていくと、悟はダイニングテーブルに肘をついて携帯をいじっていた。悟はこれといった趣味を持たない。仕事が忙しいぶん、あいた時間をだらだら過ごすことに喜びを見出しているようだ。俺もシャワーでいいやと、悟は入れ替わりにバスルームへ向かった。

楓はリラックス効果のあるハーブティーを淹れ、リビングの床に座ってノートパソコンを立ち上げた。香りが体の隅々まで行き渡るよう深く吸い込む。

「あれ、仕事？」

しばらくして出てきた悟が、冷蔵庫を開けながら首を傾げた。取り出したのは、脂肪燃焼効果を謳った水だ。こういうものを飲む一方で高カロリーの食事をする緩さ、その緩さを笑う大らかさが悟にはある。

「仕事っていうか、ちょっと調べたいことがあって」

「長くかかる？」

「どうかな。わからないから先に寝て」

「了解。あんまり根詰めすぎないようにね」

悟はのんびりと寝室に引っ込んでいった。一緒に行って隣に潜り込みたい。何もかも忘れて眠りたい。

ポムが危ぶむような声を出した。

「わかってる、大丈夫だよ」

楓はハーブティーを口に運び、パソコンに向き直った。

表示したのは過去の日記だ。『或る不完全な死』。タイトルを見ただけで、みぞおちに拳をねじ込まれるような苦痛を覚える。会社でざっとでも読めたのが信じられない。六年ぶりに管理人ページにログインし、一息に削除ボタンをクリックした。――削除しました。ほんの数秒だ。

一瞬、体のなかのものがごっそりなくなったような感じがした。それが爽快感なのか喪失感なのか判断がつかないうちに、体はもとどおりになっていた。血や肉や三十年が詰まった体。たぶん、化け物が棲みついたままの体。

息をついてまたハーブティーを飲み、次はナウドゥを開く。覚悟していたとおり、罵倒や揶揄のコメントはさらに増えていた。大半は知らないユーザーからだが、なかにはフレンドからの絶縁宣言もあった。


――過去のこととはいえ、不倫するような人だとは思いませんでした。

――昔の日記もやばいけど、今のナウドゥもなかなかですね！

――中二病から意識高い系へ進化するメンヘラ（笑）

楓はここしばらくの自分の書き込みを読み返してみた。日記をやめたあとに始めたナウドゥでは、基本的にポジティブな姿勢をとっている。それを他者の目に触れさせることで、より気持ちや考えを強められる気がする。嘲弄《ちょうろう》されるような内容だとは思わないが、悪意の目で見れば何でも、ということなのだろう。

不幸中の幸いで、悟を含め現実社会で関わりのある相手にはナウドゥを利用していることを教えていなかった。〈色葉〉イコール綾野楓、と繋《つな》がるような情報も出していない。

楓は〈いちごバンビ〉にだけ非公開メッセージを送り、ナウドゥのアカウントも削除した。

消えた。消された。〈色葉〉をさらしものにした何者かのせいで。

ギャギャッ。ポムが憎しみを叫んだ。

「ほんとにね」

そいつが消えればいいのに。消えるべきだ。死んじゃえ。

手のひらに痛みを覚えて、握りしめていた拳を開いた。四つの爪跡が不ぞろいな縫い目のように並んでいる。

頭を振って、再び匿名掲示板を開いてみた。楓の日記とナウドゥのＵＲＬは、紹介文を変えて何度も執拗に投稿されている。

これほどに悪意を向けてくるのは何者なのか。

最近、身の回りで起きたトラブルといえば『ヒロイン』の広告の件だ。だが綾野楓から日記やナウドゥにたどりつく方法はないはずだし、次の次の号まで出たいまになってというのも違和感がある。やり合ったといえば、〈ソラパパ〉はどうか。いや、〈ソラパパ〉はこちらのアドバイスに対して真っ向から反論してきたのだ。互いに意見を述べたのであって、一致しなかったからといって一方的に恨まれる筋合はない。

それにやはりいまさらだ。では理由はないのだろうか。無関係の誰かが、たまたま目についた相手を攻撃しておもしろがっているのか。

敵は誰だ。どうやって自分を守ればいい。

二の腕を強く摑んだ楓を、ポムが不安げに見つめる。悟に相談してみたら。

「それはだめ」

過去の日記やナウドゥのことで嫌がらせを受けたと言えば、悟は当然それらの内容を知りたがるだろう。知られたくない。不倫も、十四歳のときに起きた事件も、何も。友人や同僚にだって同じだ。無防備にはなれない。

「ポムだけだよ」

すべてをさらけ出せるのは。

この子は私を裏切らない。傷つけない。どんな私でも愛してくれるはず。

葡萄色の目が優しくなった。雨は激しく降り続いているが、ポムの腹には青空がある。羽毛を撫でているうちに、ポムは嘴を擦り合わせるように動かし始めた。眠いときの仕種だ。

見守っていたら楓も眠くなってきた。夢が近づいてくる。きっと優しい夢。

突然、唸るような音がした。ポムが嫌な声でむずかった。

「ごめん、ごめん」

慌ててバッグを引き寄せて携帯を取り出すと、画面には知らない番号が表示されている。優しい夢の気配が吹き飛び、背中が硬くなった。匿名掲示板の紹介文、ナウドゥに寄せられたコメント、広告に対する苦情、〈ソラパパ〉からの返信、いろいろなものが目まぐるしく頭に浮かぶ。

ポムに羽で急かされて電話に出た。

「はい」

しかし相手は黙っている。

「もしもし」

電話の向こうの息づかいがかすかに感じ取れるから、電波状態が悪いわけではなさそうだ。

「もしもし」

「あ……」

その瞬間、心臓が凍った。

どうしてわかったのだろう。ほとんど吐息と変わらない音をひとつ聞いただけなのに。それだけでは、悟の声だってきっとわからないのに。

目の前に女の幻が現れた。上品に整った顔。ほっそりした体。淡い色合いのブラウスとスカート。たたずまいは儚《はかな》げで、きっとひとりでは歩くこともできない。

楓は反射的に携帯を投げ捨てそうになった。しかし幻の女の手がそれを止め、やんわりと、なのになぜか抗《あらが》えない力で耳に押しつけてくる。

「カエちゃん」

幻の女が言ったのか、携帯から聞こえたのか、判断がつかなかった。二度と聞きたくなかった声が、探るように耳の奥へ侵入してくる。

「楓よね。わかるかしら。……お母さん」

「どうして」

ぎゅっと目を瞑《つぶ》った。消えろ、と念じる。

「どうして私の電話番号を知ってるんですか」

努めて他人行儀な言い方をした。実際、他人も同然だ。

楓が十四歳のとき、母は不倫相手を刺して重傷を負わせたとして服役し、父と離婚した。それからは一度も連絡を取ってすらいない。

「急にごめんね」

「どうして知ってるんです」

「ごめんなさい、怒らないで」

「誰かに聞いたんですか」

「ごめんね」

埒《らち》が明かない。おおかた親戚の誰かにでも泣きついたのだろう。まさか父ではあるまい。

父は母と別れ、ローンが残っていた一軒家を手放し、楓を連れて神奈川に引っ越した。仕事は続けているが、事件が起きるまでは役職が次々に変わっていたのに、それからはずっと同じだ。あれほど頻繁だった転勤もなくなった。解雇も降格もされなかったんだからありがたいと笑っていたが、きっと針のむしろだろう。それでも楓のために辞めなかった。楓が就職したとき、もう辞めてもいいよと言ったら、意地だと答えた。

──もう忘れろ。おまえは何も悪くない。

悲しい声がよみがえる。

「ねえ、カエちゃん、聞いて。どうしてもあなたに話したいことが」

「聞きません」

「お願い」

「忙しいんです」

硬直した指をなんとか動かして電話を切った。同時に幻の女も消えたが、楓はまだ息を詰めて女がいたあたりを見つめていた。

ポムの怒った声を聞きつけてか、悟が目を擦りながら顔を出す。

「何かあった」

「ごめん、起こしちゃったね。ちょっと仕事の電話」

楓は慎重に細い息を吐き、平静な表情を作った。

「トラブル？」

「大したことじゃないよ。明日でいいのにこんな時間にかけてくるなって言ってやった」

悟には事件のことは話しておらず、母とは父と離婚してから連絡を取っていないとだけ言ってある。嘘はついていない。すべてを打ち明けていないだけ。

「大丈夫？」

疑う様子もなく気遣ってくれる悟を、愛しく思う。やっぱり私にはこの人が必要だ。

寝室に引き上げた悟を追いかけ、ベッドに潜り込んで体をくっつけた。くたくたになるまで甘やかされて眠りたかった。

梅雨明けが発表されたばかりの海の日、楓は家中をぴかぴかに磨き上げることを思い立った。もともと家事が好きではないうえ、このごろは特に掃除をさぼりがちだった。今日は悟が休日出勤しているのでちょうどいい。

窓を拭き、景色を汚す灰色のつぶつぶを消す。同じ模様になった室外機も拭き、砂埃の積もったベランダを掃き清める。気づけば歌を口ずさんでいた。

日記とナウドゥのアカウントを削除してから、おかしなことは起きていない。住所や電話番号やメールアドレスなど、綾野楓の情報は突き止められていなかったようだ。削除前のコンテンツを保存している人がいるかもしれないし、匿名掲示板がどうなっているのかもわからない。だが、知らなければないのと同じだと割り切ることにした。

ネットや夢や過去や、触れないものは忘れる。自分で摑み取ってきたものを守る。そして、これから手に入れるものを。

子ども、と頭の片隅に浮かんだ。悟にそのつもりはないようだし、楓のほうもはっきりほしいと思うわけではない。だが桑田の家に行って以来、気持ちが強くなっている。私だってできる。できるはずだ。……できるだろうか。

携帯が目に入った。母から何度か電話があったが、一度も出ずにいまは着信拒否にしている。その後、知らない番号からかかってきたのも同じようにした。たぶんまた別の番号でかけてくるだろう。どうしても話したいことがあると言っていた。消えろ、消えろ、と念じる。

掃除を終えて買い物に行こうとしたら、マンションを出たところで二〇五号室の小堀を見かけた。敷地の隅に設置されたごみ収納庫のまわりを、デッキブラシで擦っている。中庭の物置からわざわざ持ってきたようだ。

「あら、お出かけ」

小堀は目敏《めざと》く楓を見つけた。

「ええ、ちょっとスーパーまで」

「私もさっきお買い物に出たら、ここがひどく汚れてるのに気づいちゃって」

面倒くさいことになりそうだったから触れなかったのに、小堀は自分から話し出した。腰を伸ばしてとんとん叩き、額の汗を拭う。

「昨夜、ごみが荒らされてたみたいでね。ごみ袋はもう回収されたあとだったんだけど、こぼれたものが散らばってたのよ」

「誰かが蓋を閉め忘れたんですかね。それで猫かカラスが」

「たぶんねえ。いままでこんなことなかったのに」

小堀は周囲を窺うようにして声を潜めた。

「先月、下の階に若い人が入ったでしょ」

「そうなんですか」

「あら、知らないの。学生さんみたいに若いご夫婦。きっとあそこよ。前にも蓋を開けっ放しで部屋に帰ろうとしたことがあって、ちょうど見かけたから注意したら、うっかりしてましたってすぐに閉めてたけどね。パジャマというか下着みたいな格好で。他にも生ごみをちゃんと乾燥させてなかったり、どうもねえ。でもあんまり注意して、逆ギレっていうの、そんなふうになられたら怖いでしょ。管理会社には言ったんだけど、どうなることやら。とりあえず汚いままではみんな気分が悪いだろうから、こうして私が掃除してるのよ」

「頭が下がります」

小堀は口ばかりでなく実際によくやってくれる。雪が降れば雪かき、雑草が繁れば除草、植木に虫が付けば駆除。しかし見習えるかというと話は別だ。意味ありげな眼差しを鈍感なふりでかわす。

「おまえがやる必要はないって主人には言われたけど、集合住宅だもの、みんなで協力し合わなくちゃねえ」

もうひと押しにも屈さず、楓は曖昧に会話を打ち切ってマンションを離れた。

晴れた空から夏の日差しが降ってくる。長い雨に洗われた景色が輝いている。梅雨は終わったのだと実感し、そのすてきな言葉をもういちど噛みしめた。

終わったのだ。

ネットでの嫌がらせも、十四歳のときの事件も、過去のあらゆるできごとも。

全部、終わったのだ。終わったのだ。

十一月十一日(2)

——最初は軽い気持ちでした。恨むというほど強い感情ではなく、ちょっと仕返しをしてやろうという感覚でした。

——恐ろしいことに罪の意識はありませんでした。すっかり自分が正義のつもりで、こんな女には何をしてもいいといつのまにか思うようになっていました。

——血まみれになった姿を見て、ようやく我に返りました。とり返しのつかないことになったと思いました。

——いまは後悔しています。

第二部

崩壊

棚島3

どぼどぼと音がして、嫌な臭いが立ち上ってきた。棚島はトイレットペーパーをちぎって鼻と口を拭い、便座に手をついてゆっくりと体を起こした。まだ胃がひくひくしている。無理して昼食をとったのは間違いだったようだ。

「棚島さん、ここにいますよね」

トイレの入り口から、成瀬のいまいましげな声が飛んできた。誰かに棚島を呼んでくるよう命じられ、なんで俺がと思いながら来たのだろう。こんなやつでもキャリアだというだけで、棚島よりはるかに早く高く出世する。

棚島は個室の戸を内側からノックした。会話をしたくないし、声を出したら咳《せ》き込んでしまいそうだ。職場で嘔吐《おうと》することは珍しくないが、こいつには知られたくない。

「そろそろ出ないと間に合いませんよ」

そんなことはわかっている。急に国会議員に呼び出され、オープンデータ憲章について十分で説明してくれと言われていた。厄介な要求だが、どうにかするのが仕事だ。もちろん知識は頭に入っているし、どんなふうに要約するかも考えてある。

返事の代わりに水を流し、少し待ってから個室を出た。誰もいない洗面所で鏡の前に立ち、身だしなみをチェックする。ネクタイは緩んでいない、髪は乱れていない、眼鏡は汚れていない、フケはない。

口臭を防ぐ錠剤を飲み、トイレを出ようとしたところで携帯が震えた。職場で貸与されている仕事用ではなく、私物のほうだ。仕事中は電話に出られないことも多いので、連絡はメールでもらうようにしている。差出人は夢乃だった。

『美空が熱を出しました。学校へ迎えにいって、いまは病院の待合室です。九度近くあって、かなりつらそうです』

行間に責める気配が漂っている。

棚島は返信せずに携帯をしまった。メッセージアプリを使わないのは、こういうとき、こちらが読んだということが相手にわかってしまうからだ。美空は心配だが、やりとりをしている時間はないし、弱った胃は嫌みを受けつけそうにない。

国会議員への説明を終え、帰りに再び携帯を見ると、夢乃からの報告が届いていた。

『風邪《かぜ》だそうです。注射をしてもらって眠っています。電話の一本くらいできないの』

行間では収まらなかったようだ。美空の夕食のころを見計らって電話をかけられるだろうか。今日これからのスケジュールを思い浮かべ、眉を寄せる。

まず文部科学省に電話をかけ、正反対の主張にどうにか落としどころが見つかるまで延々やり合わなければならない。そう早くはまとまらないだろうから、いったん措いて企業団体との会食に出かけ、帰ってきてからまた交渉。同時進行で審議会のシナリオの準備もやっておいたほうがいい。

やはりメールは返さないまま席につき、目頭を揉《も》んだ。滲んだ脂で指先がべとつく。自分の体がくたびれた歯車のように思えてくる。たしかに歯車だ。組織という巨大な機械の一部で、しかも換えの利く部品だ。飛び抜けて優秀でないことはわかっている。一流ではない。それがわかっているから、二流の部品として完璧な仕事ができる。

その日の会食で、棚島はいつものように道化を演じた。始終、朗らかでユーモラスで適度に無知だった。相手が不快に感じないラインを見極めておだて、鋭さをちらつかせる上司の引き立て役を務めた。

こういう仕事が続いたときは、何を食べても飲んでも吐瀉物《としゃぶつ》の味がする。丑《うし》三つ時に帰宅して、あるいは庁舎の仮眠室で、短時間だけ横になっても疲れはとれない。

本音を言えば、休日は出かけずにのんびり過ごしたかった。だが美空は母を失ったも同然なのだ、父親としてそれは許されない。

金曜は遅くまで働いていたから、土曜の始発で実家に帰った。田舎の町は緩やかな目覚めのなかにあった。早くも大きな顔をしている太陽と、やかましい蟬《せみ》の声。なぜ俺だけがこんな思いをしなければならないのかと、何かを恨みたくなる。最後の坂に差しかかったころには汗だくで、自分の汗で滑り落ちてしまいそうだった。

まだ美空は寝ているはずだ。ただいまは言わずに家に入り、シャワーを浴びて自室に向かった。朝食など考えたくもない。ただ眠りたい。

九時には起きて衣装作りにとりかかりたかったのに、目覚めたのは昼前だった。すっかり元気になった美空は友達の家へ遊びに行っていて、昼食もごちそうになってくるらしい。

大人三人でそうめんを啜った。深雪が作るそうめんにはピンクや緑の麵が入っていたものだが、母のは白一色だ。棚島にはこちらのほうがなじみが深く、美空はカラフルなそうめんを憶えてすらいないだろう。

母が眺めるテレビのなかには、安っぽい女の嫉妬が渦巻いている。棚島が鼻で笑うと、母は必要もないのに言い訳を始めた。べつに特に見たいわけじゃないんだけど、みーちゃんがいるときは番組も選ぶから、大人向けのドラマはなかなかね、でもお花の教室で話題になってて。

いいかげんにして、と夢乃が不機嫌に言い放ったのはそのときだった。棚島と母がそちらを見たが、夢乃はそうめんに視線を落としている。

「お母さんはどうしてそうお兄ちゃんの目を気にするの。子どもを預かってもらってるんだから、気を遣うべきはお兄ちゃんのほうでしょ。うちに何の貢献もしてないどころか迷惑かけてるのに、偉そうに何なの」

母の顔色が変わった。

「迷惑だなんて、夢乃。家族じゃないの」

「家族ならなおさらだよ。お客さんでもないのに上げ膳、据え膳、おかしいでしょ。お母さんだっていつもは不満たらたらじゃない。暑い時期に美空を外に連れてくのはきついとか、学校行事のときになんとなく肩身が狭いとか、たまには子どもの味覚に合わせない食事をしたいとか、いまだって好きなテレビが見られないって」

「それはそんな、深い意味は」

おろおろと棚島を見る態度が、夢乃の言葉が事実であることを物語っている。そういえば、前にも夢乃は似たようなことを言っていた。母は棚島に対していい顔をしたがるとか何とか。

「言ってるじゃない。深雪さんさえあんなことにならなければばって。お兄ちゃんに東京に残るよう勧めたのは間違いだったかもって」

　棚島は箸を置いた。どうにか叩きつけずに堪《こら》えた。夢乃も受けて立つように顔を上げ、棚島をひたと見据える。

「それで、母さんの不満にかこつけて、おまえは何が言いたいんだ」

「そうやって余裕ぶる。本当はかっかしてるくせに」

「ああ、もちろん不愉快だよ。最近のおまえ、おかしいよ」

　もともと美空の養育についてしょっちゅう文句をぶつけてきてはいたが、それには夢乃なりの理由やきっかけがあった。ところがこのごろは、棚島の顔を見るだけで怒りがこみ上げるとでも言わんばかりだ。

「私がおかしいんだ」

「どう考えてもそうだろ」

「お兄ちゃんは正しいってわけ」

「なんで突っかかるんだ」

　いいかげんにしなさい、と母が口を挟んだ。

「いい歳して兄妹喧嘩《げんか》なんて」

　夢乃は黙って食事を再開したが、棚島はますます食欲をなくし、母が何か言おうとするのを無視して自室に引き上げた。棚島がいないあいだに、女たちが困り顔で自分のことをあれこれ話していたのだと思うと、ばかにされた気分だった。

棚島は携帯からグルメサイトにアクセスし、〈みーパパ〉の名で昨夜の店のレビューを書き込んだ。仕事で訪れた店には忍耐と屈辱の記憶がつきまとうが、それらを抜いて綴ることで単なる外食の記録になる。不快さをなかったことにする、精神衛生のための行為だ。

文章に意識を向け、階下から聞こえてくる言い争いを遮断しようと努めた。そのあとは作りかけの衣装を手に取り、ミシンの音を響かせる。ハロウィンまであと三ヶ月、つまらないことにかかずらっている暇はない。

夕飯に呼ばれるまで集中して作業を進めた。

台所では母と夢乃が立ち働いていた。母は気まずそうだが、夢乃の手前、棚島に弁解することもできないのだろう。母娘のことは母娘で解決してくれ。棚島はそ知らぬふりで、すでに席に着いている美空に声をかけた。

「おかえり。楽しかったか」

食卓には甘いチェリートマトのサラダと、ミートソースのパスタ、コーンポタージュが並んでいる。美空の好物ばかりなのは、母の後ろめたさの表れか。ところが美空は仏頂面で、棚島の問いかけに答えようとしない。

「お友達と喧嘩でもしたのか」

「べつに」

なんだその口の利き方は、と叱りかけたところで、夢乃がスプーンとフォークを持ってきた。音を立ててテーブルに置く。棚島は遮られた格好でいったん口を噤み、全員が食卓にそろうのを待って、やや強い声を出した。

「美空、いただきます、は」

美空はしぶしぶという様子で手を合わせ、しかし開きかけた口をまた閉じた。何か言いたげに上目遣いに棚島を見る。相手が訊いてくれるのを、あるいは察してくれるのを待つ姿勢は気に入らない。

「おまえには口がないのか」

夢乃が非難がましい目を向けてきたが、無視した。

「黙ってちゃわからないぞ」

「ハロウィンの衣装」

美空がようやく言葉を発したので、言い方には目を瞑って口調を和らげる。

「ああ、今日もだいぶ進んだぞ。アンナちゃんの衣装は細かい飾りが多いし、帽子も手袋もチョーカーもこれから作らなきゃいけないから、まだまだやることはいっぱいあるけどな。それがどうしたんだ」

「変えて。アンナちゃんじゃなくてルカちゃんの衣装がいい」

棚島は一瞬ぽかんとし、それから眉を寄せた。

「どうして。美空はアンナちゃんが好きだろ」

「べつに。だって髪型が変だもん。英語を混ぜてしゃべるのも変」

「喜んでまねしてたじゃないか」

つい語気が荒くなる。なぜ急にこんなことを言い出すのだろう。それに、さっきからこの「べつに」という返事、どこで憶えてきたのか知らないが、神経を逆撫でする。

これ以上、言葉を重ねたら怒鳴ってしまいそうだったので、喉に麦茶を流し込んだ。

その隙に、母がいかにもおばあちゃんらしい口調で美空に食事を勧めた。自分でチェリートマトを食べてみせ、まあ甘い、と嬉しそうな声を出す。ややあって美空もやっとフォークを摑んだ。

「あら、ミートソース、ちょっと濃すぎたかしらね」

「こんなもんでしょ。お母さんの手作りミートソース、挽肉《ひきにく》の食感がしっかりあって野菜もたくさん入ってて好きなんだよね」

「お嫁に行くときにはレシピ憶えていきなさい。いつになるやら知らないけど」

「そのひとことがよけいなんだってば」

母と夢乃が無理やりのように会話をするが、食卓の空気は重い。美空がむくれているだけで、棚島の知っている我が家ではないようだ。

いちいち喉につかえる食べ物をなんとか飲み込み、美空を連れて自室に移動した。作業台に置いてあったアンナちゃんの衣装を広げてみせる。

「見てごらん、完成までもうひと息だ」

さっき美空が挙げたキャラクターの衣装は憶えていないが、ひとりひとりファッションの系統がかなり違っていたように思うから、いまから手を加えて変更するのは不可能だろう。もちろん一から作る時間はない。

棚島はそれを美空の体に当てた。

「ほら、かわいい。美空にはアンナちゃんの衣装のほうが」

「やめてよ！」

美空がいきなり爆発した。衣装をもぎ取って床に叩きつけ、部屋を飛び出す。追う棚島を振り返り振り返り階段を駆け下りていく様は、まるで怖いものから逃げているかのようだ。なぜこんなふうに見られなければならないのか。美空のために、わずかな時間でも帰ってきたのに。美空のために、疲れた体に鞭打《むち》って衣装を作っているのに。

途中で腕を捕まえた。

「離せ！」

聞いたことがない乱暴な言葉遣いに、頭が真っ白になった。ぱんっ、と乾いた音で我に返り、呆然《ぼうぜん》と手のひらを見る。じんと痺れている。俺はいま、美空の顔を叩いたのか。

「何、いまの音」

手を濡らしたまま駆けつけてきた夢乃が、頬を押さえている美空を見て絶句する。

「お兄ちゃん、美空に手を上げたの」

美空が夢乃に飛びつき、背中に隠れて顔を埋めた。その姿にひどく傷ついた。庇《かば》うような夢乃の仕種に怒りが湧き、口もとが引きつる。

「母性本能が刺激されたか」

「母性本能」

夢乃の口調はばかじゃないのと言わんばかりで、むっとした。

「わかってるのを承知で言うけど、私は美空を育ててきたの。だから母親代わりになれたの。お兄ちゃんは？」

俺は父親だ。これは躾《しつけ》だ。言って聞かない子に手を上げて何が悪い。

なぜかそう言えなかった。

夢乃がわざとらしく優しい顔を美空に向ける。

「ハロウィンの衣装は私が作ってあげる。ルカちゃんのやつ」

ふざけるな。それは俺の役目だ。美空はパパに作ってほしいんだ。そうだろう。

やはり言葉が出ない。それどころか美空の震える肩を直視することもできない。

「ルカちゃんってツインテの子だよね、よく見せて」

美空は何も言わなかったが、夢乃に促されて階段を上ってきた。美空の部屋には、キャラクターが描かれたカードやビジュアルブックなど、ゲームの関連商品がたくさんある。ほとんど棚島が買ってやったものだ。

狭い階段ですれ違うときも、棚島はただ突っ立っていた。横を通り抜けていくのは自分の娘のはずなのに、得体の知れない生き物に思える。いまほど深雪を求めたことはなかった。母親がいたら、どうにかできるだろうに。

美空はおやすみも告げずに眠り、翌朝もおはようもなしに夢乃とどこかへ出かけてしまった。昼は帰らず、夕食の席でもやはり口を閉ざしていた。こちらからはどう働きかければいいのかわからない。そもそも、拗ねた子どもの機嫌を取る必要があるのだろうか。

会話もできず衣装作りも進められないまま、東京へ向かう時間になった。廊下から台所に顔だけ突っ込み、洗いものをしている母の背中に声をかける。

ちょうど目の前の電話が鳴ったので、しかたなく受話器を取った。棚島の声を聞いた相手は、面食らったように黙り込んだが、やがて声の主に思い当たったらしく尊大な口調になった。

「ああ、帰ってたのか。長いこと顔も見せに来ないから」

「ご無沙汰してます」

棚島のほうは記憶を探るまでもなくわかった。父方の伯父で、棚島が家を出るまではちょくちょく顔を合わせたものだが、そのたびに何かと説教をされるのでどうにも好きになれなかった。だがあまり無愛想な態度を取ると、あとで母が文句を言われる。

「お元気ですか」

「元気なもんか。足腰が弱ってきてるし、目も耳も年々悪くなる。頭だけはしっかりしてるのが救いだけどな。でも病院に行こうにも金がいるだろう。医療費だけじゃなくて、車がなければ交通費、時間がかかるときは飯代、年金暮らしの年寄りには厳しいんだよ。だいたい……」

始まった。昔から演説をしたがる人だったが、棚島が国家公務員になってからは、数少ない接触のたびにこうだ。年金制度がどうの、高齢者医療制度がどうの、景気、地域格差、少子化、とにかくあらゆる社会問題について、ひとくさり不満と自説を述べずにはおかない。そして最後は必ず同じフレーズで締める。

「行政にしっかりしてもらわないと困るよ」

途中でそばに寄ってきた母が、やきもきした様子でしきりに受話器に手を伸ばしている。満足したらしい伯父は、やっと母に替わるよう求めた。母は口だけは愛想よく挨拶しながら、顔をしかめて棚島に手を振った。

棚島は疲れ果てて家を出た。真夏の空にはまだ光が残っているが、家の前の坂道をひたひたと闇が這《は》い始めている。歩いているのは棚島ひとりだ。よその家の父親はみんな、家族との団欒《だんらん》を楽しんでいるのだろうか。

背後からライトが近づいてきて、軽自動車が棚島の横でスピードを緩めた。開いた窓には、夢乃の怒りを隠さない横顔があった。

「送ってく」

拒否するのも大人げないので黙って助手席に乗った。違和感があるのは静かすぎるせいだ。この車に乗るときはたいてい美空が一緒で、賑やかにおしゃべりをしているかDVDを流している。ダッシュボードのなかで笑うアイドルが無性に憎らしい。

「美空に関してやっぱり話しときたいことがあって」

正面を睨んでいる夢乃は、昨夜の件を謝る気も撤回する気もなさそうだ。棚島の反応を待たずに続ける。

「昨日の夕方の五時ごろ、あの子が私の部屋に来たの。宿題でわからないところがあるって。お兄ちゃん、そのころ何してた」

「何って、作業してたよ」

帽子を飾る薔薇のコサージュがイメージどおりにならず試行錯誤していた。

「美空、お兄ちゃんの部屋の前まで行ったんだって。でもドアは開けずに私のほうへ来た。足音に気づかなかった？」

「集中してたんだ」

「私も調べものに集中してたけどね。美空はすごく気を遣ってるよ。パパの邪魔をしちゃいけないって」

明らかに含みのある言い方だった。少し間を置いて、より直截《ちょくせつ》な表現を選び直す。

「お兄ちゃん、衣装作りが単に自分の趣味になってない？」

棚島は運転席に顔を向けた。これは誰だ。本当に妹か。それとも、ブログに言いがかりをつけてきたあの〈色葉〉か。

「そんなわけないだろ」

「だったら美空が望むものを作ってあげればいいじゃん。ルカちゃんの」

「あれはわざとわがままを言ってるだけだ」

「だとしても、わがままを言う美空の気持ちを考えてあげなよ。宿題だって、本当は私じゃなくてパパに見てもらいたかったと思うよ」

「来ればいいじゃないか。俺は邪魔だなんて思わない」

「だから」

夢乃は荒らげかけた声にブレーキをかけ、いらいらと頭をかいた。ちょうど坂道を下りきったところで、店も信号もない十字路には薄闇が溜まっている。

十字路を渡って駅へと続く通りに入ってから、夢乃は再び口を開いた。

「美空が幼稚園に入ったころ、よく家族ごっこしてたよね」

家族ごっこという言葉に、なぜかどきりとして反応が遅れた。

「もしかして憶えてないの」

「憶えてるよ。昔でいう、お母さんごっこだろ」

美空のまわりだけだったのかもしれないが、最近はそんな名前になったのかと驚いたものだ。美空はたいていお姉ちゃん役をやりたがり、夢乃をまだ赤ん坊の妹役にして、かいがいしく世話をしていた。母がお母さん役、棚島はお父さん役だ。

夢乃は車を送迎用の駐車スペースに入れ、ぎっとサイドブレーキを引いた。

「ねえ、ごっこじゃないんだよ」

棚島を見据えた目が強い光を放っている。

「今日はお父さん、明日は、ってできないんだよ」

棚島も目に力を入れ、夢乃の眼差しを跳ね返した。

「俺がちゃんと父親になれてないって言いたいのか」

「だってそうでしょ。お兄ちゃんはいいとこ取りしてるよ。たまに会ってかわいがるだけで、ふだんの躾や生活面のことは私やお母さんに丸投げで。小さなことでお説教するのとか嫌なもんだよ。でも必要だからやってる。それをお兄ちゃんは何。あの程度のわがままで顔を叩くなんて。おまけに話もせずに放り出して逃げ帰るなんて」

「あの程度だって。人の苦労に感謝するどころか踏みにじるようなことを言ったんだ。そんな心ない人間になったらどうする。あの子が落ち着いて反省できる心境になったら、ちゃんと言い聞かせるつもりだった」

「本当にそんなこと考えてたの。ただかっとして叩いただけじゃないの。自分を蔑《ないがし》ろにされたから。思いどおりにならなかったから。かわいくなかったから」

「俺が何のために、睡眠時間を削ってまで衣装を作ってると思ってるんだ」

「自分の趣味にしか見えないんだってば」

「何のために、激務に耐えて」

「国家公務員じゃなくてもいいじゃない」

妹をこんなに憎んだのは初めてだった。傷つけてやるためだけに、夢乃が理想の母親と見なしていた妻の名を出す。

「深雪はそんなことは言わなかった。俺が美空にかまってやれないとき、パパはみーちゃんのためにがんばってくれてるんだよ、って言い聞かせてた」

完璧に母親代わりを務めていると思い上がっている夢乃に、非を突きつけてやりたかった。おまえだってできてない。おまえだってちゃんと母親じゃない。

夢乃の顔がさっと白くなった。しかしショックを受けたというよりは、むしろ冷静になったように見える。

「お兄ちゃんがそれを言うの」

「どういう意味だ」

「降りて」

夢乃は質問を許さなかった。棚島の行動を待たずにエンジンをかける。家の前の坂を登るのにうんうん言う軽が、獰猛《どうもう》な獣の唸り声を上げる。

棚島がドアを閉めるのを待ちかねたように、夢乃は無言で走り去っていった。

ひと気のない駅前に立ち尽くし、たまらない、と心のなかで呻《うめ》く。なんでみんな俺を責めるんだ。母も夢乃も伯父も。うるさい〈色葉〉をやっと黙らせてやったのに。

俺は美空のために、精いっぱいやってるのに。

だが、その美空の態度こそが何よりも嫌だった。黙って棚島を見つめるあの目。言いたいことがあるくせに、訊いてくれるのを、察してくれるのをじっと待つあの目。

顔が深雪に似てきたとは思っていたが、そんなところまで似るものだろうか。

事故に遭う前の深雪がそんなふうだった。昔はそうではなかったのに、棚島との結婚生活が深雪を変えてしまったのか。深雪はふたりの関係に絶望して、それで。

ホームからかすかに聞こえてくる音楽で我に返った。こんなに深雪のことを考えるのは久しぶりだ。薄闇が溜まった坂の下で、転げ落ちていた思い出を知らないうちに拾ってきたのかもしれない。拾ったぶんだけ、また体が重くなった。

日本酒で濡れた指先が、カウンターににんにくのような絵を描いた。無意識だったが、汗まみれになって串を返す店主の鼻を写し取ったものらしい。何しろ胃の調子が悪くてろくに飲み食いできないものだから、退屈した指が勝手に動いてしまうのだ。

「飲みじゃなくてもよかったのに」

隣に座った利一が察して苦笑する。利一のほうは三杯目のビールが空になりそうだ。

夢乃と物別れに終わった翌週、棚島は利一を飲みに誘った。かなり遅い時間しか取れなかったにもかかわらず、利一は棚島が指定した丸の内まで出向いてくれた。仕事では使えない小汚い焼き鳥屋だが、グルメサイトでの評判は上々で、何より夜通し営業しているのがいい。

店内に満ちた煙と話し声のせいで、視覚も聴覚も鈍っている。とはいえ実のある話はしないから問題はない。仕事と家庭の愚痴が少々、あとは共通の知人の噂に世間話、そんなものだ。

棚島の目的は話をすることではなかった。ただ利一が見たかったのだ。

利一は期待どおり、くたびれたシャツにはき古したジーンズというたちで現れた。スタイルがいいので様になってはいるが、役割や責任を担っているようには見えない。見るからに自由だ。自由だから軽い。吹けば飛ぶような存在だ。社会にとって重要ではない。金もなさそうだ。棚島が奢《おご》ると言うと、悪いな、とあっさり受け入れた。プライドもない。公園に座ってカップ酒を舐《な》める将来さえ想像できてしまう。

利一は裸になった串を目の前の筒に放り込んだ。

「ところで、ブログを停止して以降、〈色葉〉って人からはもう何もないのか」

色葉の名を聞いたとたん、つい口の端が緩んだ。

あの失笑ものの日記。本当につらいなら、ごてごてと飾った文章をネットで公開したりしない。他人にさらけ出せる苦しみなんて大したものであるはずがない。特別な自分でありたいだけなのだ。ねえ、こんなにかわいそうな私を見て。ナウドゥのほうは方向性こそ異なるが、自意識過剰であることに変わりはない。ねえ、こんなにすてきな私を見て。

さらしてやったら、案の定さんざんに叩かれていた。公開処刑を見物する気持ちがわかった。すぐに削除されてしまったのが残念だ。

「そういえばないな」

棚島は内心ほくそえみながら、訊かれるまで忘れていたかのように応じた。

「いま名前を聞いて思い出したんだけど、ちょっと前に同じ色葉って名前の人がネットで叩かれてたの知ってるか。ナウドゥと過去の日記をさらされて。その色葉は何もかも削除して消えたらしいけど、もしかして同一人物だったりしてな」

へえ、と利一が目を瞠る。気分がいい。実は俺が仕組んだことなんだと披露したくなるが、利一の性格では武勇伝とは受け取らないだろう。

「どんな内容だったんだ」

「ちゃんと読んだわけじゃないけど、まあ、叩かれるなりのものだったと思うよ。もとは削除されたけど、どっかにログが保存されてるんじゃないか」

「あの〈色葉〉だとしたら、おまえにとってはいい気味ってところか」

「べつに」

苦笑してみせてから、美空の「べつに」を思い出して急に嫌な気分になった。酒を呷《あお》る。相変わらず吐瀉物の味がする。

「何にせよ、難癖つけてくる相手がいなくなったなら、ブログを再開したらどうだ。例のコスプレ本が出たら、アクセス数も増えると思うけど」

「俺の忙しさを知ってて言うか。ハロウィンまでに衣装が間に合うか、心配してるくらいなのに。そっちはどうなんだ」

「B4サイズ、八十ページ、九月末発売。タイトルは『百均で変身！　ヒーロー&ヒロイン』に決まった。何の問題もないよ」

利一もビールに指を浸し、カウンターにそれぞれの数字を並べて書いた。顔はほんのり赤いが、照明のせいかもしれない程度で、口調は淀みない。初めてふたりで飲んで酔い潰れた夜はさておき、官僚時代から酒には強く、向いているやつはとことん向いているのかと思ったものだ。

しかし利一は退官し、棚島は残った。利一が逃げ出した場所に、棚島はいまも踏み留まって戦っている。

「何の問題もない、か。俺も言いたいよ」

「そっちの仕事はきついもんな」

「みんな同じだろ。仕事そのものより家庭との両立がきつい」

「何かあったのか」

「まあ、いろいろ面倒でさ。つくづくおまえがうらやましいよ」

棚島はまずい酒を喉に流し込み、指で口の端を拭った。鳥の脂でてかる指には、美空を叩いたときの痺れがまだ残っている気がする。音が大きかっただけでそれほど強くはなかったはずだが、美空の涙と頬の赤さが目に焼きついて消えない。

利一がぽんと背中に手を置いた。

「ま、人と人との関係は面倒なもんだよ。親しくても心の底はわからないしな。俺も数年来の誤解がつい最近になって解けたってことがあったよ」

酒が喉までせり上がって噎《む》せてしまった。目的は果たしたし、そろそろお開きにしたほうがよさそうだ。

焼き鳥屋を出たときには午前二時を回っていた。庁舎に引き返して仮眠室に泊まりたいが、煙の臭いが染みついたスーツを着替えないわけにはいかない。

「俺はタクシーで帰るけど」

「俺は始発を待つよ」

利一と別れて大通りに出る途中、また咳が出た。見れば道の脇に飲食店のごみ箱があって、こんな時間だというのにカラスがたかっている。咳が激しくなった。目も痒《かゆ》い。間違いなく鳥アレルギーの症状だ。日ごろはこれほどひどくないが、疲労のせいで抵抗力が落ちているのだろう。ふてぶてしいカラスどもは、棚島がすぐ横を通り過ぎても逃げようとしない。嘴や羽を動かして苦しむ棚島を笑っている。

ごみ箱を蹴飛ばしてやりたいのを堪え、倒れ込むようにタクシーに乗り込んだ。尻を前にずらして背中を深く沈め、ネクタイを緩めて嫌な臭いのする息をつく。本当は靴も靴下も脱いでしまいたい。

運転手に行き先を告げるなり、携帯を取り出した。ロックを解除するのももどかしく、メッセージアプリを開いて、大学時代の男友達の名前を選ぶ。

『寝てるとこごめん。何か慰めて』

本物の友人にこんなメッセージは送らない。相手は合コンで知り合った女で、友人はそのときの幹事だった。深雪の状態を知っていた彼は棚島に同情し、ちょっとくらい遊んでも罰《ばち》は当たらないと、既婚であることを隠して連れ出してくれたのだ。

画面に表示された時間を見て躊躇《ちゅうちょ》したが、気持ちと酔いに任せて送信した。この胃のむかつきに効くのは、誰かの労りだけだ。

返信はすぐに届いた。

『どうしたの。何かって何』

『何でもいいから、元気が出ること言って』

『大好きだよ』

そうだ、これだ、必要なのは。棚島はさらに返信しようとしたが、書いている途中で続けてメッセージが届いた。

『ごめん、眠さが限界。ごめんね』

指を止め、ため息とともにメッセージアプリを閉じる。どうしてこう何もかもが思うようにいかないのか。

運転手がミラーでこちらを窺っているのに気づいた。車内で吐かれるのではないかと心配しているようだ。

棚島は不快感を顔じゅうで示して、また携帯を操作した。表示したのは、ある人物のナウドゥだ。ユーザー名は〈空色ソーダ〉。これが〈色葉〉の新しい名前であることはわかっている。

半月ほど前にアカウント削除に追い込まれた彼女は、今月に入ってまた性懲りもなくナウドゥを始めていた。そこでやや失礼なコメントに対して、例の鼻持ちならない独善的な返信をしたのをきっかけに、匿名掲示板で注目されるようになった。あとはあっという間だ。棚島は労なくして、誰かが暴いた〈色葉〉の消息を手に入れた。

〈空色ソーダ〉のナウドゥは、誰でも見られた〈色葉〉のときとは違い、彼女が承認したユーザーにしか見られない設定になっている。さすがに用心しているらしい。そこで棚島は自分もナウドゥのアカウントを取得した。そして〈空色ソーダ〉が好むだろう書き込みをしばらく続けたのち、彼女に承認を求めた。果たして、棚島は〈空色ソーダ〉のナウドゥを自由に閲覧できるようになった。

まぬけな女の文章を舐めるようにたどっていく。するとある書き込みが目に留まった。

――ファントマというバーで女子会。尊敬できる人たちとの飲みは勉強になる。

「尊敬できる人たち」に「勉強になる」とは、相変わらず意識がお高いことだ。だが高いところを見すぎて、足もとの警戒がお留守になっている。訪問先の固有名詞を出してくれるとは。

アルコールで一時的に下がっていた血圧が、じわじわと上昇するのを感じた。〈色葉〉を破滅に追い込んだときの興奮がよみがえる。くそったれ女が笑いものにされ袋叩きにされる、あの快感。いい気味ってところか、と利一は言ったが、そんなもんじゃない。

いつのまにか指がファントマを検索していた。

またあの女で憂さ晴らしをするのも悪くない。

翌日は思いがけず早く帰れた。しかし棚島が向かうのは公務員宿舎ではない。

駅から五分ほど歩くと、住宅街のなかに三階建てのマンションが見えてくる。古いわりにはきれいで環境もよい。

しつこく首筋を伝う汗を拭い、ゆっくりと息を吐いて気持ちを静める。そうだ、いらいらするな。ストレスは忘れてしまえ。そのためにここにいるのだから。

棚島はほほえんで二〇一号室のポストを見つめた。

＊

生まれたのは娘だった。美空という名前は深雪が考え、棚島はきれいな名前だと目を細めた。

深雪はよい母親であり、相変わらずよい妻だった。育児に追われていても家事の手を抜くことはなかったし、寝不足でつらくても棚島を常に笑顔で迎えてくれた。

棚島のほうも、悪い父親や夫ではなかったと思う。高給とは言えないが深雪が専業主婦でいられるだけの稼ぎは得ていたし、家事や育児に口を出したこともない。帰宅後や休日にはできるだけ美空に関わるようにもしていた。養ってやっているなどと思ったことは一度もなく、仕事に集中できるのは深雪のおかげだと感謝していた。

ただ、ひとつだけ厄介なことがあった。

「道路沿いの花壇に新しく植えられたのって、何ていう花なのかな」

「さあ」

「ご近所さんが教えてくれたスポンジ、シンクの汚れがすごくよく取れるんだよ」

「へえ」

「今日の我が家はどこか違います。さてどこが変わったでしょう」

「どこ」

深雪は自分の経験や感情を、棚島にも共有してもらいたがった。交際中はもっと自立した女だったのに、結婚、出産、そのたびにより依存的になっていくようだった。大学を辞めて引っ越しをして、子どもが生まれてからは外出もままならなくなって、孤独なのも退屈なのもわからないではない。だが一日じゅう家にいる深雪の世界は狭く、聞かされる話のほとんどが棚島にとってはどうでもよかった。疲れて帰ってきて、知りたいのは美空のことくらいだ。

棚島が生返事でやり過ごしているうちに、深雪の口数はだんだん減っていった。頬の薔薇色が消えかかっていることに気づいたのはいつだったろう。出会ったころの深雪は春の日だまりのなかにいたのに、常に凍えているようになった。

「具合でも悪いのか。疲れてるならちょっと実家にでも帰ったら」

気遣う棚島を深雪はじっと見つめた。そういうことじゃない、と色の薄い目が訴えていた。

「何だよ、言いたいことは口で言ってくれ」

言わなくてもわかってほしいなんて、棚島からすれば甘えとしか思えなかった。受験で背伸びをせず、大学院を中退して専業主婦になった深雪には、競争社会で揉まれた経験がない。やりたいことがたまたま向いていることだったから、何かを得るためにがつがつする必要もなかったのだろう。おっとりしているところは魅力だが、そればかりでもないようだ。

深雪の頰の色はますます薄くなっていった。あの薔薇色が好きだったのに。

楓4

「なんで毎シーズン毎シーズン、着るものがないのかなあ。毎年、買ってるはずなのに」

クローゼットと簞笥《たんす》を開けて嘆息する楓に、悟がきょとんとした顔を向けた。

「たくさんあるじゃないか」

「そうなんだけど」

悟はわからないとばかりに肩をすくめ、じゅうじゅう音を立てるフライパンに目を落とす。本格的な夏になっても悟の肌は白いままだ。仕事に追われて日に当たる機会もろくにない。無理して朝食を作ってくれなくてもいいと楓は言っているのだが、こうして今朝もキッチンに立っている。

「俺は服なんて着てさえいればいいと思ってるからなあ」

楓は笑い、無難すぎて飽ききった上下を選び出した。思ったほどくたびれてはいない。

悟がサラダとベーコンエッグをテーブルに置いた。

「仕事が早く終われそうなら、帰りに買い物に行ってきたら。俺は夕食はいらないから」

「今日も遅いの」

「ごめん」

だから朝食に力を入れているのか。楓は悟のためにテレビをつけた。

「じゃあ、そうしようかな」

まるで信じていない占いを聞き流しながら、再登録したナウドゥをチェックする。

〈空色ソーダ〉という新しいユーザー名は、ポムの腹の色からきている。楓は空だと言い、悟はソーダフロートだと言った色。

今回は楓が承認したユーザーにしか閲覧できない設定にしてある。承認するのは、〈色葉〉時代からのフレンドと、プロフィールや書き込みを熟読して問題ないと判断できた人だけだ。

たとえば、〈いちごバンビ〉。〈色葉〉を罵るどころか心配してくれた彼女には、アカウントを削除するときにも連絡をしたし、再開した旨もすぐに報せた。〈いちごバンビ〉は喜び、再びフレンドになってくれた。

その〈いちごバンビ〉からコメントが届いている。

――ファントマ、行ってみましたよ。いいとこ教えてもらっちゃった。

数日前に楓が訪れ、よかったと書き込んだバーの話だ。〈いちごバンビ〉は行ってみたいと言っていたが、実際に行ける距離に住んでいるのか。プロフィールには居住地は記されていない。

――お気に召したなら嬉しいです。私たち、同じお店に通える範囲で暮らしてたんですね。

返信してナウドゥを閉じる。悟を送り出し、朝食の片づけをして家を出た。行ってらっしゃいと告げるポムの声は、いつも少し寂しそうだ。

まだ九時前だというのに、共用廊下の空気はすでに熱と湿気を帯びている。ぬるま湯に入っていく心地で階段を下り、マンションを出たとたんにかっと強い日に焼かれる。

しかし楓が顔をしかめたのは、暑さのせいだけではなかった。顔にまとわりついてくる嫌な臭い。たちまち吐き気に変わる臭い。

「また」

苦々しく呟き、ごみ収納庫に目を向ける。蓋が開け放たれ、なかに積み重なったごみ袋の口が開いている。

八月に入って二度目だった。七月の海の日にも同じことがあり、楓はそれを、掃除をしていた小堀から聞いた。一階に入居した若いカップルが蓋を閉め忘れ、猫かカラスが生ごみを漁ったのだろうという話だったが、どうもそうではないらしい。袋はどこも破れておらず、生ごみが漁られた形跡もない。八月の一度目も同様だったと聞く。人の手による悪質ないたずらだろう。マンションの管理会社が貼り紙をしているが、効果はなかったようだ。今日にも小堀が担当者に電話をかけ、鍵か防犯カメラを取り付けるようせっつくに違いない。

楓は息を止めて足早にマンションを離れた。気持ちのいい朝が台無しだ。

編集者としては楓の出勤時間は早いほうなので、フロアにはまだ人が少ない。パソコンが目覚める低い唸りもよく聞こえる。こういう時間が好きだ。楓はひとりが苦にならないから助かるよ、と忙しい悟には喜ばれている。

待つあいだにナウドゥを見ると、〈いちごバンビ〉からコメントが返ってきていた。


——あなたの近くにいます。


一瞬ぞくっとしたのは、ありふれた怪談を連想したせいか。〈いちごバンビ〉がそれを狙ったのだとしたら、まんまとやられたことになる。

楓は苦笑して携帯をしまい、頭を仕事に切り替えた。『百均で変身！　ヒーロー＆ヒロイン』の校了は今月末だ。

十九時前に仕事を切り上げ、デパートに駆け込んだ。閉店まで時間がないが、行きつけの一軒だけなら覗けるだろう。

顔見知りの店員が次々に薦めてくるなかから、着回しの効きそうなパンツを選ぶ。

「こちらのスカートもお似合いでしたけどねえ。アンサンブルもほんとおすすめですよ」

「お金ないから」

「またまた。でもお金のこと言ったら、いまがチャンスじゃないですか」

「チャンス？」

「あれ、シークレットセールのお葉書、届いてませんか。お得意様にお送りしたんですけど」

楓は記憶を探ったが、それらしいものは思い浮かばない。

「そうでしたっけ。ごめんなさい、見逃してたかも」

「いえいえ、ああいうのってわからなくなっちゃいますよね」

葉書を持っていなくてもセール扱いにしてくれるというので、若干の申し訳なさもあってアンサンブルも購入した。得をしたとはいえ思わぬ出費だ。

ふと今朝の占いが脳裏をよぎった。ちゃんと聞いていなかったが、あまりよくないことを言っていたような。ごみの臭いを嗅いだ気がした。

帰宅して葉書を探してみたが見つからなかった。悟が誤って捨てたのかもしれない。

翌朝、悟に尋ねると、憶えがないが可能性はあるという自信のない返事だった。

まったく気に留めなかったこの出来事が、嫌な意味を持つようになったのは、それから数日後のことだ。

家でひとりで夕食をとっているとき、玄関のチャイムが鳴った。宅配便だと言われて慌てて出ると、配達員は笑顔になりきらない顔を帽子のつばで隠した。

「今日はいらっしゃってよかったです。保管期限ぎりぎりだったんで」

楓は驚いて荷物に貼り付けられた伝票を見た。依頼主は少し前に出産した旧友だ。祝いを贈ったからお返しだろう。お届け予定日はたしかにとうに過ぎている。はっとした。携帯に知らない番号から何度も電話がかかってきたのは、運送会社からだったのか。てっきり母からだと思って無視していた。

「すみませんでした。でも不在伝票は」

配達員が顔を上げたので、困惑の表情があらわになった。

「下のポストに入れましたけど、何回も」

「うちのですか」

「二〇一号室で間違いないですよね」

不快にさせてしまったかもしれない。だがそれを気にかけている余裕がない。不在票など一枚たりとも見ていないのだ。何枚もの不在票をすべて見逃す、あるいは誤って捨ててしまうことなどありうるだろうか。

シークレットセールの葉書の件を思い出した。それから、他の郵便物が届いているかどうかが気になった。玄関のドアを閉めるなり、公共料金の領収証などを保管してあるファイルのもとへ走る。ガス、ない。水道、ない。電気、ない。クレジットカードの利用明細もない。落ち着けと自分に言い聞かせる。いつも何日ごろに届いていたっけ。まだその日が来ていないだけかもしれない。

再び食卓についたものの心が騒ぐ。敏感に感じ取ったポムが、どうしたの、どうしたの、としきりに尋ねてくる。たまらず郵便局に電話をかけ、郵便事故の可能性を尋ねようとしたが、すでに営業時間は終了していた。あたりまえだ。

楓は額に手を当てて目を瞑った。額が熱いのか手が冷たいのかわからない。服屋の店員や運送会社の配達員の顔が浮かび、その皮膚をかきむしってやりたくなった。もちろん彼らに腹を立てるのは筋違いだ。

悟に相談してみたら。ポムがいつかと同じことを言った。

そうすべきだ。しかし楓は首を横に振った。散らかった頭の隅に、ネットでの嫌がらせの件がある。過去の日記と〈色葉〉のアカウントを削除して、終わったと思っていた。だが終わっていなかったとしたら。それらを匿名掲示板にさらした何者かが、ネットの世界から這い出して、生身の楓にも手を伸ばしてきたのだとしたら。

考えすぎだと思いたい。しかし悟には言えない。

何かまったく別のトピックスを求めて、ナウドゥを開いた。すると、〈いちごバンビ〉からまたコメントが届いていた。

——今日もファントマに来てみました。でも〈空色ソーダ〉さんはいないみたいで残念。ここにいるのはふつうの人ばっかりで、あなたみたいに特別な人は見当たりません。

楓は眉をひそめた。ファントマの常連だと書いた憶えはないし、会いたいという話は〈色葉〉のころも含めてしたことがない。だが残念と言うからには、〈いちごバンビ〉のほうは会いたいのだろうか。すれ違う人が突然こちらに足を踏み出してきたような、薄気味悪さを伴った困惑を覚える。それに、ふつう、特別、という言葉も引っかかった。

楓は返信せずにナウドゥを閉じた。いまの自分はどうかしている。よくしてくれる相手に対して薄気味悪いだなんて。郵便物の件が胸に巣くっているせいだろう。

翌朝の出勤途中に郵便局へ寄り、郵便事故の可能性について尋ねた。まずないという返答よりも、そう告げた局員の目つきに楓はうろたえた。ふつうはそんなことないわよ、あなたに問題があるんじゃないの。

その夜、マンション内で小堀に会ったときは、ほとんど縋る思いだった。態度に出さないよう努力して、遠回しに探りを入れる。

「ごみ収納庫の貼り紙、増えてましたね」

いたずらに対処するよう、小堀が管理会社へ訴えたに違いなかった。小堀は目をいきいきと光らせ、縦じわの目立つ唇を勢いよく開いた。

「それがふざけてるのよ。鍵も防犯カメラも付けずに、とりあえず様子を見るんですって。反対の住人もいるからなんて言い訳して。自然に収まるのを期待してるみたいだけど、逆にエスカレートしたら、どう責任とってくれるのかしら」

「そういう兆しがあるんですか。他にも不審な出来事があったとか」

「いまのところ聞かないけど、そういうもんでしょ。初めは小動物を殺してたのがとうとう人間を、なんて事件と同じよ」

小堀の表情をまねているつもりだが、うまくできているか自信がない。

マンションで他に不審な出来事はないという。では郵便物の紛失は、楓の家でだけ起きていることなのだ。

帰宅するなり、ポストから取ってきたばかりの郵便物をテーブルに広げた。宅配ピザや学習塾やリサイクル業者のチラシ。銀行からの案内。前に泊まった旅館からの葉書と、クリーニング屋のクーポンは、悟宛てだ。

そうだ、悟宛ての郵便物はどうなのだろう。もともと楓がひとりで住んでいた部屋なので、公共料金などの名義は楓のままになっている。料金は折半し、領収証は楓が保管している。個人の重要な書類はそれぞれ自分で管理しているため、悟のものに関しては意識していなかった。悟が何も言っていないということは、異変はないのか。あるいは気づいていないだけか。

訊いてみることはできないが、悟の郵便物が無事だとしたら、なくなっているのは楓の郵便物だけということになる。楓の家だけではない、楓だけなのだ。何者かが楓宛ての郵便物を抜き取っている。

めまいに襲われ、テーブルに手をついた。他に何か、なんだそんなことだったのかと笑ってしまうような説明はないだろうか。

見つけられないうちに、新たな疑念が湧いてくる。楓の郵便物が盗まれているなら、ごみ荒らしも楓をターゲットにしたものとは考えられないか。でも誰が。匿名掲示板に並んだ文字を思い出す。誰が書いても同じ文字。のっぺらぼうの文字。白くなった指先をテーブルから引き剝がし、胸の前で握り込む。指も体も内臓さえもぎしぎしと音を立てている。

寒いの、とポムが訊いた。

マンションの出入りは苦行に近かった。ごみ収納庫は見ないようにすることもできるが、入り口にあるポストを視界から外すのは難しい。同じ銀色の四角が並ぶなか、二〇一号室のポストだけが黒ずんで見える。

加えて、今朝はもうひとつ気が重くなることがあった。〈いちごバンビ〉からまたコメントが届いたのだ。

――〈空色ソーダ〉さんはいつファントマに行きますか？

会おうということだろうか。それならまずは、会いませんかと尋ねるものではないか。もっとも尋ねられても困る。〈色葉〉のときもそうしていたように、〈空色ソーダ〉と綾野楓は切り離しておきたい。〈いちごバンビ〉も同じ考えの持ち主だと思っていたのに、最近はまるで人が変わったようだ。アカウントを乗っ取られて本当に別人になっている可能性もある。

楓が返信せずにいると、昼には催促がきた。

――ファントマに行く日を教えてください。もちろん別のお店でもいいですよ。

補足の一文がまた不気味だ。

ブロックという言葉が頭に浮かんだ。ナウドゥには特定のユーザーの閲覧をブロックする機能がある。やりすぎだろうか。

「まだかかる?」

振り向くと、大きな口に笑みを浮かべた桑田が、とんとんと腕時計を叩いてみせた。いつのまにか十九時を過ぎている。

「急かして悪いんだけど、シッターさんの時間があるからさ」

「今日は趣向を変えてカラオケとかどうかなって言ってたんです」

腰を浮かせた水峰が言い添える。

七月に桑田が異動してきてから、金曜の夜にときどき女三人で食事に出かけるようになった。桑田は子どもをベビーシッターに預ける。母親がストレスを溜めないほうが子どもにとっても幸せだよ、とからりとしたものだ。

カラオケボックスのテーブルを料理でいっぱいにして、しゃべり、気が向けば歌う。歌い終えた桑田が、マイクを握ったままクラブサンドをつまんだ。

「サンドイッチの名前の由来って知ってる？」

楓はカシスオレンジのグラスから唇を離した。

「サンドイッチ伯爵にちなんでだっけ。サンドイッチ諸島の由来になった人だよね」

「やっぱね、綾野はそう答えると思った」

桑田のもの言いはたまに引っかかる。

「正解なんだけど、答え方としては間違ってる場合もあるかも」

わかった、と水峰がもう一本のマイクを掴んだ。

「知らないふりで相手に答えを言わせて、そうなんだあ、すごおい、よく知ってるね、って感心してみせるのがいいんじゃないですか」

「水峰は合コンでうまくやるタイプだな。賢いっていうか、したたかっていうか。ちなみに私は綾野と同じで、考えなしに知識を明かしちゃうタイプ」

「なんか私、貶《けな》されてます？」

「違う違う。水峰のほうが生き物として強いんだよ。そういうのを媚びてるとか言うやつは、私に言わせれば負け犬だね」

水峰が笑みを含んだ目配せをしてきた。桑田さんって「私に言わせれば」が口癖ですよね――前にそう囁かれて以来、そのフレーズが出るたびにおかしくなる。

桑田は気づかずクラブサンドを嚥下《えんか》した。

「さっきの質問、同じ保育園の子の父親からされたんだけどさ、私が綾野と同じように答えたら、何て言ったと思う。すごいじゃないですか、僕より賢いじゃないですか、だって」

うわあ、と水峰がおもしろがってみせる。

「かっちーん、だよね。紳士的で謙虚な感じの人だったから、びっくりして失望しちゃった」

「本人は発言のまずさに気づいてないんじゃないですか」

「たぶんね。外面を取り繕っても、無意識に出ちゃうもんなんだね」

「ですよね。けっこうわかっちゃいますもん。謙遜しまくる人が実はプライド高いとか、分別を説く人が実は感情的とか、さばさばふるまう人が実はねちっこいとか、変わり者を気取ってる人が実は俗っぽいとか」

ね、と同意を求められ、楓はかろうじてうなずいた。注意深く顔の筋肉を操作する。彼女らは他人に対してなんて敏感なのだろう。世の人はみんなそうなのか。皮膚がぴりぴりする。その内側から楓を見つめる目がある。表情のない少女。

桑田が身を乗り出した。

「うちの旦那がまさにそれ。言葉だけ聞けばどんなに立派な人かと思うよ。しかも自覚がなくて、外面を本当の自分だって思い込んでるっぽいんだよね」

「私の彼氏だってそうですよ」

水峰は自分の入れた曲が流れ始めたのを無視し、マイクを置いてグラスを取った。画面のなかで手を繋いだ男女の足もとを、屈託のない愛の言葉が流れていく。

「彼、いくつ」

「ひとまわりとちょっと年上なんです。しかも既婚者なんですよね」

「え、それって」

「不倫ってやつですね」

ひょいとすくめた肩の上で、ピンクゴールドのピアスが揺れる。水峰と恋人に共通するイニシャル、S。

　かつて楓の耳を引きちぎりかけた男の顔が、頭の隅でぼんやりとした像を結んだ。前に所属していた情報誌の編集部の上司だった。彼との不倫を終わらせた直後に、楓は児童誌へ異動になったのだ。

「さっき桑田さんに見抜かれたのかと思いましたよ。合コンで捕まえたんです」

「既婚者だって知ってたの」

「そのときは知りませんでした。初めてふたりで会ったときに聞かされたけど、子どももいないし奥さんとは別れるつもりだって言うから」

「それはさあ」

「常套句《じょうとうく》だってみんなに言われるけど、彼のは違うんです。違うって私が知ってるだけで、証明するには実際に結婚するしかないんですけどね」

　桑田が目で応援を求めてきたが、何を言えばいいかわからない。

　水峰はポッキーを煙草のようにくわえた。

「現実問題としても早く結婚したいんですよ。彼がおじいちゃんになる前に子育てしたいし」

「子ども、ほしいんだ」

桑田はひとりで立ち向かうことにしたようだ。棘《とげ》のある口調に、水峰の目つきも険しくなる。

「私、子どもが大好きなんです」

「簡単に言わないほうがいいんじゃない。たまに友達や親戚の子と関わるのと、自分で育てるのじゃ、まるで違うよ。責任のない状態なら、かわいいだの癒やされるだの、いいことだけ感じてられるから」

「やだ、大げさじゃないですか。子どもが好きくらい誰でも言うでしょ」

「考えが甘いというか幼いよ。子どもがいないっていうのが不倫相手の嘘だったら？その子から父親を奪うことになりかねないんだよ。情も理性も欠如してるとしか思えない。そんな人が子育てなんて」

「でも、どうしようもない気持ちってありますよね」

「気持ちはどうしようもなくても、行動に移さず抑えるのがまともな人間でしょ」

「うわ、ご立派」

吐き捨てられた言葉とともに、ポッキーが折れてテーブルに落ちた。水峰の入れた曲がだんだん痩せ細り、消えたあとには険悪な沈黙が残った。よその部屋からぼやけた歌声が漂ってくる。

桑田が折れたポッキーを拾って口に入れた。

「ごめん、変にむきになっちゃって。この三人の関係は、すっきりきっぱりさっぱりでいこうって決めたのが、悪いほうに出ちゃったね」

すっきりきっぱりさっぱり、は桑田のモットーだ。

「いえ、むきになったのは私のほうです。すみませんでした」

水峰も即座に口調をあらため、笑みを浮かべてみせた。相手は家族でも友人でもないただの同僚なのだと、互いに思い出したようだ。

「綾野さんの旦那さんもやっぱり裏表ありますか」

仕切り直しの問いかけを受け、楓は形ばかり考えてみせた。

「あんまりないかな。わかりやすい人なんだ」

「知らないだけかもしれませんよ。たいてい帰りが遅くて、休日出勤や出張も多いんですよね。浮気してたりして、って私が言うのもなんですけど」

水峰の自虐的な冗談につきあって笑う。

実のところ、悟の浮気を考えたことがないわけではなかった。だが考えは疑いにならずに消えた。帰宅する悟はいつもくたびれ果てており、楓に会ってほっとしたようにほころぶ顔が作りものだとは思えない。

「ないない」

「やっぱ進歩的なご夫婦は違うなあ。でも、ほんとに不満ってないんですか」

「とりたてて言うほどのことは」

信じらんない、と桑田が天井を仰いだ。

「問題がいっさいない人間関係なんてあるの」

楓はほほえんで黙っていた。問題ならある。悟ではなく楓のほうに。

いったん気になり出すと我慢できず、水峰が歌い損ねた曲を入れ直しているあいだに、携帯からナウドゥをチェックした。

新しいコメントがあって、鼓動が跳ね上がる。来た。〈いちごバンビ〉だ。


——お返事ください。気持ち悪くしないから。


喉がひくっと震え、冷たい汗が滲んだ。〈いちごバンビ〉の異常。ネットでの嫌がらせ。ごみ荒らし。郵便物の紛失。楓のまわりは問題だらけだ。なぜ立て続けに起こるのか。関連性はあるのか。私を傷つけるのは誰。

皮膚の下で何かが蠢《うごめ》く。肋骨《ろっこつ》を内側からひっかいている。

水峰が歌い始め、楓ははっとして携帯をバッグに突っ込んだ。安っぽい革張りのソファから背中を浮かせ、リズムに合わせて体を揺する。誰にも知られるわけにはいかない。

全員のグラスが空になったところで、終了時間より早く部屋を出た。

「なんだかんだでけっこう食べたよね。お腹がパンツに乗っかってる」

「桑田さんってば、黙ってたらわかんないのに」

「こんなだから、おまえは女じゃないって言われるわけか」

左右の部屋から漏れてくる歌声のなかを、桑田と水峰は笑って泳いでいく。険悪なムードなど完全に忘れたかのようだ。

楓は一歩後ろをついていきながら、急に不安に襲われた。川の水に油が混じっていたとして、彼女らは優れた目で黒ずんだ流れを見つけてかわしていける。たとえ油に触れても、たくましい体をちょっと震わせて払い落とせる。でも私にはできないんじゃないか。私だけ見えない。私だけ弱い。そんなはずはない。私はふつうだ。もうふつうだ。そのはずだ。

レジで楓は前に出てまとめて会計をすませた。

「明日、会社でくれればいいから」

場を仕切り、先頭に立って自動ドアを通り抜ける。夜の街に溜まった疲労を、きらびやかなネオンが覆い隠そうとして失敗している。ポムの腹が見たい。あの澄んだ空が。

頭上を塞がれた地下鉄に乗り、駅に停まるたびに細切れの電波を拾って携帯を操作した。ナウドゥにアクセスし、〈いちごバンビ〉をブロックする。大丈夫、これはやりすぎじゃない。

いくらかすっきりしたが、敗北感が残った。〈色葉〉のアカウントを削除したときと同じ、また逃げることしかできなかった。一方的に傷つけられた。

黒い窓に表情のない少女が映る。怖くてぎゅっと目を閉じた。

私を傷つけないで。そうでないと。

久しぶりにすっきりと目が覚めた。

悟を起こさないよう寝室を出て、カーテンと窓をすべて開けて回る。午前九時、すでに強い日差しを全身に浴びて伸びをした。内臓まで伸びる感じがした。

「おはよう、遅くなってごめんね」

ポムにほほえみかけ、放り出してあった携帯を手に取る。〈いちごバンビ〉からコメントが届くことはもうないとわかっていても、少し緊張する。

知らない番号からの着信が表示されていた。昨夜の十時過ぎだから運送会社ではない。着信拒否、消去。番号のみならず、母そのものを拒否し消去できればいいのに。お願いだから私の人生から消えてよ。

休日の悟はまだまだ起きない。楓はポムに餌《えさ》をやり、書き置きを残して家を出た。行き先はフィットネスクラブだ。肉体をうんと痛めつければ、何かに打ち勝って強くなった気になれる。

昼食に悟の好きなパンを買って帰ると、マンションに着いたところで、ちょうど出かけようとしていた小堀に捕まった。開きかけていた日傘をわざわざ畳んで話しかけてくる。

「やっぱり恐れてたとおりになったわねえ」

「え？」

「あら、もしかして知らないの」

小堀は大げさに眉をひそめ、ごみ収納庫に顔を向けた。楓は身を硬くして、ちらっと視線だけをやった。

「今朝、ごみ置き場のまわりでカラスが死んでたらしいの。それも五羽もよ。発見したのは三階の山室《やまむろ》さん、ほら、あのおじいさんで、日課の散歩に行こうとして気づいたんですって。最初は黒いビニール袋が散らばってると思ったんだけど、片づけようと近づいたら……。自然にそうはならないわよね。ごみ袋の口が開けられてたっていうから、誰かがごみに毒でも混ぜたのよ。前にどこかの繁華街であったじゃない、そういう事件」

すでに大勢に触れ回ったのだろう、小堀の語り口は慣れたものだ。間を取ったりぶるっと震えてみせたり、演出までついている。

「きっとごみ荒らしと同じ犯人よ。放っておけばエスカレートするんだから。だから私が鍵か防犯カメラを付けるよう言ったのに、ねえ」

小堀の荒い鼻息が、心臓にかかった気がした。肌が粟《あわ》立ち、二の腕を摑む。

「警察には届けたんですか」

「山室さんがね。ごみ荒らしの件も一緒に伝えたらしいけど、この程度じゃ警察は何もしてくれないって主人なんかは言うのよ。私、犯人に心当たりがあるって話してみようかしら」

小堀は声を潜め、一階の若いカップルやら近所の大学生やら認知症の気がある老人やら通りすがりの女やらを、手当たりしだいに怪しんでみせた。厚化粧の上に、汗がじくじくと筋を描いていく。まるでいやらしい蛇のようだ。楓を追いつめようと迫ってくる。

やっと解放されて自宅に逃げ込む前に、楓はドアの外で呼吸を整えねばならなかった。目覚めたときの爽やかな気分は、もはや跡形もない。

「おかえり、おはよう」

悟はまだパジャマ姿で、いつものようにダイニングテーブルで携帯をいじっていた。

「ただいま。いつ起きたの」

「ついさっき。お、その袋は」

楓が提げたパン屋の袋に目をとめ、いそいそとコーヒーの用意を始める。ふたりの好きなキリマンジャロ。フィンランド製のおそろいのマグカップ。

「やっぱり大人だけの生活はいいよな。何時に何をするのも、何を使って何を食べるのも自由」

返事を求めないのは、楓も同じ考えであることを疑っていないからだろう。実際、悟の言うとおりだとも思う。ふたりとポムだけの生活は幸せだ。楓を傷つけるものは何もない。

「うわあ、ストーカー殺人だって」

再び携帯をいじり始めた悟の言葉に、肩が跳ねた。サラダにしようとしていたパプリカが床に落ちた。あざやかな赤が目に刺さる。

幸い悟は記事を追うのに夢中で、楓の異変に気づいていない。

「女性が刺されて元交際相手が逮捕されたって。前々からつきまといや嫌がらせ行為があって、女性は怯《おび》えて警察に相談もしてたらしい。ちょくちょくあるけど防げないもんなのかなあ」

悟はあくまでも他人事の痛ましさで語る。カラスの件を知れば違うかもしれないが、いまのところマンションのごみ荒らしとは結びつかないようだ。悟個人の身には何も起きていないということだろう。

ストーカー。やっぱり誰かが私を。赤色が目の奥で点滅する。

楓は勢いよく腰を屈めてパプリカを拾った。サラダにした野菜の切れ端をポムに与え、腹の青を見つめる。

「ねえ、午後からどっか行かない」

だらだらした話し合いの結果、美術館へ行こうと決まった。楓は顔色をごまかすために、やつれていたときに買った似合わないチークをつけた。悟は化粧の違いになど気づかない。

美術館にいた三時間のうち三十分以上を、楓は一枚の複製画に費やした。マグリットの『恋人たち』。男女がキスをしているのだが、それぞれの頭部は布ですっぽりと覆われている。なんという安らぎだろう。

「そんなに気に入ったのか」

別のところを見ていた悟が、人混みをかき分けて引き返してきた。楓がまだそこにいるとは思っていなかったようだ。声には呆《あき》れも混じっている。

「マグリットって俺にはよくわかんないな。この絵にしろ、隣のやつにしろ、なんでって思う」

『恋人たち』の隣に展示されているのは『偽りの鏡』だ。キャンバスいっぱいに描かれた目のなかに青空が映っている。

楓は『恋人たち』から目を離さなかった。

「『偽りの鏡』は嫌い。でもこっちは大好き。一度、本物を見に行きたいな。ちょっと長い休暇とって海外旅行」

悟も『恋人たち』に顔を向けた。しばらく無言で眺めていたが、やはり理解しかねるというふうに首を振った。

「気味が悪いよ」

旅行の代わりというわけでもないだろうが、悟の提案で夕飯は外で食べることになった。

悟が連れていってくれた店は、かつての花街の風情を留めた路地の奥にあった。竹垣で隠された入り口には白い暖簾《のれん》がかかり、ひかえめに記された乙姫《おとひめ》寿司という名を、ほのかな灯が照らしている。カウンターは満席で、楓たちは座敷に通された。床の間に活けられた竜胆《りんどう》を、掛け軸のなかの女が振り返っている。

悟が日本酒を注文したので楓も同じものを頼み、寿司はおまかせにした。襖《ふすま》が閉められ、他の客の声はほとんど聞こえなくなった。

「こんな格好で来てよかったのかな」

ふたりともジーンズだが、悟は気にするふうもない。

「そこまでの店じゃないと思うよ。このあたりでは安いほうみたいだし」

「さすが、慣れてる」

「仕事だから」

悟は顔をしかめてみせた。

「編集者だって似たようなもんじゃないの。打ち合わせとか接待とか」

「うちはあんまり。大物作家や学者なんかと関わりがあるとこは豪勢だけどね。漫画編集部にいた同期なんか、高級グルメガイドだよ。高級に限らないけど。私たちと行く店もたいてい彼女が選んでくれるんだ」

　楓は桑田に連れられていった店をいくつか挙げた。

「本当によく知ってるんだな。俺なんか店探しはいつも頭が痛いよ。掘りごたつじゃないと嫌だの、頭がついてないエビチリは認めないだの、はっ倒したくなるような注文をつけられることもあるし」

　愚痴にもなりうる話を、悟はおどけた調子で語る。

「はっ倒しちゃえ」

　自分の口から冗談が出たことに、楓はほっとした。そうだ、綾野楓はそういう人間だった。

　楓は悟におしぼりを渡した。

「そんなんじゃ外食嫌いになるのも無理ないね。胃の調子もよくないのに、今日はありがとう」

　そこへ仲居が酒と突き出しを運んできた。外食嫌いを聞かれていたら少し気まずい。襖が再び閉まるのを待ちかねて、楓たちは目を合わせて笑った。笑えたことにいっそうほっとする。

酒はとても香りがよく、突き出しのタコの煮物も絶品だった。悟の喉仏が満足そうに動くのを、いつまでも眺めていたいような気がした。

「悟がいてくれてよかった」

「急に何」

「私には悟が必要だって、あらためて思ったの」

悟はしばらく口のなかでタコを転がし、やがて目を伏せてほほえんだ。

「お互いさま」

楓の「必要」がどれほど切実か、悟はわかっていないだろう。それでいい。

寿司が運ばれてきた。九谷の大きな角皿にまずは甘エビが二貫だけ、食器の使い方も贅沢《ぜいたく》だ。ねっとりと甘い、期待を裏切らない味だった。

ナウドゥに書き込む文章を考えかけ、すぐに打ち消す。行動範囲を具体的に記すのは危険だと、〈いちごバンビ〉に思い知らされたばかりだ。

最後の水菓子に至るまで非の打ちどころのない食事だった。悟も上機嫌に見えたが、店を出て石畳の小径を歩き出すと無口になった。

「今日、楓と過ごしてよかった」

天を仰いだ悟は真面目な顔をしている。楓の不安を薄々は感じ取っていたのかもしれない。

続きがあるかと緊張して待っていたが、悟が呟いたのはそれだけだった。楓はそっと細い息を吐き、顔のない恋人たちの絵を思った。


週半ばのけだるい雰囲気が漂うオフィスで、桑田に背中を叩かれた。

「今日、中谷《なかたに》さん来るから」

急ぎでない仕事をのんびり処理していた楓は、ぎょっと目を見開いた。

イラストレーター、中谷ミゲル。『ヒロイン』の前身に当たる雑誌で描いていたが、リニューアルの際にこちらから契約を打ち切った。そのときはどうにか話がついたものの、最近また編集部にしつこく電話をかけてくる。楓を指名するのは、編集から外されていることを知らないからか、あるいは返り咲く日を見越してか。

「応じないはずでしょ」

「何事もすっきりきっぱりさっぱりがいいんだって」

桑田はモットーを掲げてみせた。

「いつまでも煩わされるのはうっとうしいじゃない。綾野にやましいところはないんだから、堂々と会って話をつければいいの。私が電話を取ったのも巡り合わせかもよ」

「そんな、勝手に」

「それは謝る。でも今日はずっと編集部にいるよね」

桑田は各々のスケジュールを書き込んであるホワイトボードに目をやった。

「こうでもしないと、いつまでも問題を抱えたままになるでしょ。綾野だけじゃなくて編集部全体が。私に言わせれば、そんなの不健康だし迷惑。ごめんね、はっきり言っちゃって」

悪いなどとはまったく思っていないに違いない。「私に言わせれば」が口癖の女は、いつだって自信満々だ。

中谷ミゲルは二分遅れてやってきた。結んだ髪、しゃれた帽子、大ぶりのアクセサリー、それにミゲルというペンネームの、どれひとつとして日本人顔の四十男には似合っていない。

談話スペースに案内するなり、中谷はどっかと腰を下ろした。ショートパンツの裾が上がって腿の毛があらわになる。

「コーヒー。ホットね。夏だからってアイス飲むやつは、真のコーヒー好きじゃないよ」

楓は黙ってウェイトレスになった。中谷のぶんだけテーブルに置き、向かいに腰かける。

「どうも。あ、編集部のエースさまをこんなふうに使ったらいけなかったかな。『ヒロイン』調子いいみたいじゃない。いやあ、さすがだよねえ」

おかげさまで、と言いかけて止まった。あなたが辞めてくれたおかげさまで？

「もともと君が有能なのはわかってたんだけどさ、この出版不況のおりにちゃんと売れる雑誌を誕生させたんだから本物だよ。天才、うん、天才。おだててるんじゃないよ、プロの意見ね。僕はいろいろ見てきてるからわかるんだけど、あれはいい雑誌」

中谷はひとりでしきりにうなずいているが、褒めちぎるわりに上から目線で、しかも具体的な内容はない。その太鼓は音ばかり大きく調子外れで耳障りだ。

「でさ、僕もそのいい雑誌を一緒に作らせてもらいたいと思ってるわけ」

「中谷さん、お気持ちは」

「『ヒロイン』が新しさを求めてるのはわかってる。切られるときに言われたしね、君に」

君に、の部分をわざとらしく強調した中谷は、もどかしげに指輪をいじり始めた。

「でも、それだけじゃだめなんじゃないの。自慢するわけじゃないけど、僕にはそれなりの実績があるし、業界のこともよくわかってる。出版社にも印刷会社にも取次にも書店にもたくさん知り合いがいるし、なかには大物もいるんだよ、名前は出さないけどさ」

出た。おだててうまくいかないと、今度は脅《おど》しだ。この手の話は楓がまだ新入社員だったころに聞かされたことがある。僕は業界に顔が利くんだ、蔑ろにするなら仕事をできなくしてやるぞ。本当にそんな力があるなら、契約を打ち切られた雑誌にしがみついて、いち編集者に媚びる必要などないはずだ。

楓は冷静だった。冷静でいられるのは、悟のおかげで自分を思い出せたからだ。

「中谷さん、お気持ちはありがたいんですが、編集部の方針に変更はありません」

中谷の顔がかっと赤くなり、笑みをぶらさげていた唇が歪んだ。

「あのさあ、君にそんなこと決める権限はないよね。知ってるよ、いま『ヒロイン』の編集から外されてるんでしょ。あの広告はまずいよ。え、わかんなかったの。まあ、それがわかんない人だから、こういう心ない対応をしちゃうんだろうなあ。長いこと貢献してきた僕を、問答無用でばっさりだもん」

楓は黙って頭を下げた。中谷のイラストは古い。決断は間違っていない。

中谷は荒々しく席を立った。

「忠告しといてあげるけど、そういうことしてたら、そのうち痛い目みるよ」

入り口まで送ろうと腰を上げる暇もなかった。残されたコーヒーが衝撃で飛び散っている。汚らしい。

「何あれ」

呆れ顔の桑田がそばに寄ってきた。

「お疲れ、大変だったね。でもすっきりしたでしょ」

楓は無理に唇の端を上げた。

そのあと打ち合わせにやってきた崎守は、会うなり眉を曇らせた。

「何かあったんですか」

楓は曖昧なほほえみでかわした。

「進行は順調ですよ」

『百均で変身！　ヒーロー&ヒロイン』は今月末に校了を迎える。崎守に足を運んでもらうのも今日で最後になるだろう。

「編集長も期待してて、『ヒロイン』に大きく宣伝を載せることになりました」

「本当ですか。それ、〈ソラパパ〉さんにもお伝えしていいですか」

「どうぞ」

返事があまりにそっけなかったかと気になり、言葉を足す。

「〈ソラパパ〉さんはお元気ですか」

「僕もしばらく連絡をとってないんですが、ネットで見るかぎりはたぶん。〈ソラパパ〉さんのブログは停止したままだけど、別の名前でグルメサイトにレビューを投稿してるんですよ」

「〈みーパパ〉さん、ですよね。ブログを停止する前に、〈色葉〉さんが指摘してた」

「あ、そうか、ご存じでしたね。あちらはまめに続けられてますよ」

反省もせずに、と楓は心のなかで吐き捨てた。このところ気にかけている余裕がなかったが、いまだにそんなことをやっていたのか。

崎守が帰ったあと、楓は久しぶりにグルメサイトにアクセスし、〈みーパパ〉のレビュー一覧を表示した。とたんに眉をひそめたのは、最新のレビューが乙姫寿司のものだったからだ。訪問日を見て、えっと声を上げそうになった。先週の土曜日。楓と悟が訪れたのと同じ日ではないか。


——再訪。前回は冬だったので、メニューがどう違うか楽しみにして行きました。

店の雰囲気は相変わらず上質で上品、でも格式張ってはいないところに好感が持てます。満席でしたが、皆さん穏やかに食事と会話を楽しまれていて、騒がしくはありません。

さて肝心の料理は……いやあ、さすがの一言です。マイ寿司ランキングで上位に入ること間違いなしでしょう。私は特に旬のタチウオが推しですが、突き出しから水菓子まで何を食べてもおいしかったです。本当にごちそうさまでした。

次は春か秋に訪れたいと思います。


タチウオ。たしかにおいしかった。しかしいま、口のなかには嫌な味が広がっている。

あの日、〈ソラパパ〉が同じ店に行った。ひょっとしたら同じ時間にいたかもしれない。テーブルに飛び散ったコーヒーのように、幸せな思い出を汚された気分だ。

楓は再びレビュー一覧を表示した。そして我が目を疑った。

ファントマ。二番目のレビューにはそう記されている。

すぐには反応できなかった。鼓動が速くなっているのを認識して、慌てて全文を表示した。


――複数人が褒めていて、気になっていたバー。仕事帰りに少しだけ寄ってみました。

オサレな街のオサレなビルに入っている、ザ・オサレバー（笑）。お客もオサレな若い女性が多く、やっぱりオサレにジャズが流れています。もっさりしたおっさんが一人で行くには、ちょっと勇気が要りました。

カクテルの種類が豊富で、おつまみは基本的に軽め。デザート系が充実しています。時間もなかったので、私は店の名を冠したカクテルを一杯だけいただきました。これも女性向けなのかな、私には甘かったです。

コスパがいいとは言えませんが、オサレムードを楽しむにはいいと思います。


桑田と水峰とともに訪れた店の様子が、ありありと目に浮かんできた。あれはたしか七月。〈みーパパ〉の訪問日はと見ると、今週の月曜だ。

もちろん偶然だろう。乙姫寿司もファントマも知る人ぞ知る店で、〈みーパパ〉は美食家だ。しかし引っかかる。もし偶然でないとすれば。

マウスがかたかた鳴り、楓ははっと手を離した。ファントマについてはナウドゥに書いたが、乙姫寿司のほうは書いていない。その二軒のあいだに他の店にも行った。だからありえない、彼が楓の訪れた店をたどっているなんてことは。

ばかばかしい。ことさら強くクリックしてグルメサイトを閉じた。

楓の妄想を笑うように携帯が震えた。この音はメールだ。見れば、登録してある相手からではない。読まずに削除しようとして、手が止まった。差出人欄に表示された数字とアルファベットに、目が釘付けになる。

15bambi

いちごバンビ、そう読むに違いない。吸い寄せられるように開封する。

――会いたいな！　楓さんに会いたいな！　返事ください気持ち悪くしないから！

喉がひゅっと鳴り、周囲の視線を浴びた。水峰と目が合ったが、取り繕う余裕がない。たまらず席を立った。キャスター付きの椅子が床を滑り、背中合わせの同僚の椅子にぶつかる。

逃げ込む場所はトイレしかなかった。個室に入り、勇気を奮ってもう一度メールを見る。

〈いちごバンビ〉とはナウドゥだけのつきあいだった。それもブロックという形で断った。なのにこれは何だ。なぜ〈いちごバンビ〉が楓のメールアドレスを知っているのか。おまけに「空色ソーダ」ではなく、「楓」と呼びかけている。

ドアに額をぶつけてもたれかかった。打ち消したはずの〈ソラパパ〉に対する疑惑がまた湧いてくる。身のまわりで起きている変事。母からの執拗な電話。子どもを持つことへの葛藤《かっとう》。もうたくさんだ。

涙が溢れ出した。誰かに、悟に相談できたらどんなにいいだろう。秘密がそれを阻む。秘密が楓をひとりぼっちにする。

楓は胸をかきむしった。内側に潜む少女を引きずり出してやりたい。だが少女は無表情でじっとこちらを見ているだけだ。

自分の目鼻を確かめるように顔を撫でると、涙で崩れた化粧でべたべたした。トイレットペーパーをちぎって個室を出て、鏡を見る。ひどい顔だ。これが私の顔なのか。

「綾野さん、どうかしたんですか」

編集部に帰ると、水峰が心配そうに立ち上がった。楓はできるだけ笑顔に似せた顔を向けた。

「急に気持ち悪くなっちゃって」

聞きつけた桑田が会話に入ってくる。

「それってもしかして」

勝手な期待に輝く目がうっとうしい。自分の腹を切り開いて、ほらこんなものしか入ってないよと見せてやりたい。この無神経な女が青ざめるところを見たい。

早めに会社を出て、携帯ショップへ行った。〈いちごバンビ〉のメールアドレスは使い捨てに違いないから、自動削除の設定をしてもいたちごっこになるだけだろう。ならばこちらのメールアドレスを変更するしかない。それだけでなく、携帯自体を買い換えるつもりだった。あれから退社するまでのあいだに何通もメールが届いている。もはや読もうとは思わないが、受信するだけでも気持ちが悪い。〈いちごバンビ〉に汚された携帯を使い続けたくはなかった。念のため電話番号も変更し、必要に迫られるまでは悟と父と会社にしか教えないことにする。母からの電話も防げるので一石二鳥だ。

いくらかほっとしたが、よけいな費用と手間をかけさせられた。何より精神的な苦痛を与えられた。傷つけられた。楓は憎しみを抱えてフィットネスクラブへ向かった。トレーニングマシンの重りがギロチンとなり、敵の頭を潰していく。

悟は今夜も遅くなるということだったので、フィットネスクラブでゆっくり風呂に入り、食事も外ですませた。帰るころには二十二時を回っており、住宅街はすっかり夜だ。庭のある家が並んでいるために暗闇が多く、車や人の通行もほとんどない。都会らしくない静けさが気に入って選んだ土地だが、今夜はそれが不気味に思える。

自然に足が速くなり、携帯ショップの紙袋を何度も蹴飛ばしてしまった。豆腐屋のシャッターが風で鳴っただけで、跳び上がりそうになった。こんなときにかぎって、悟から聞いたストーカー殺人のニュースを思い出す。

背後で足音が聞こえた。ぎょっとして振り返るが誰もいない。気のせいか。しかし歩き出すとまた聞こえる。間違いない、誰かがあとをつけてきている。

買ったばかりの携帯を耳に当て、家で待つ人がいるふりをした。

「あ、私。もう着くよ」

だめだ、声が上擦《うわず》っている。演技なのが丸わかりだ。

マンションに着くなり一気に階段を駆け上がり、すばやく玄関に滑り込んで鍵とチェーンをかけた。肩で息をしながら、おそるおそる覗き穴に目を当てる。

しばらくそうしていてから、ドアに縋るようにしゃがみ込んだ。バッグが肩から落ちたが拾う気力もない。家のなかは真っ暗だ。待っている悟はいない。

ピロロ、とか細い声がした。ああ、そうだ、ポムがいた。ふだんと違う楓の様子に不安になっている。そばへ行って安心させてあげなくちゃ。求めている。かまって。愛して。どうか私を。

楓は壁に手をついて立ち上がった。手探りで電気のスイッチを入れ、再びドアの外を窺って鍵とチェーンを確かめる。

バッグのなかからボールペンを取り、ノックして芯を出した。かちり、撃鉄を起こすように。握りしめて肩の高さに構え、そろそろと家の奥へ進む。万が一、何者かが潜んでいた場合、こんなものでも役に立つかもしれない。たとえば、思いきり眼球にでも突き刺してやれば。

家じゅうの電気を点けてクローゼットに至るまで調べたが、誰もいなかった。侵入された形跡もない。ピロロ。そう、ポムの言うとおりだ。そんなことがあったらポムがおとなしくしているはずがない。ケージ内に異状は見られない。けれど。

楓はポムの前に座り込んだ。汗で濡れた脚が床にくっついて気持ち悪い。

かちり、とボールペンの芯を引っ込めた。かちり、出す。かちり、かちり、かちり、かちり。

音が気に障ったのか、ポムがギャギャッと不満を訴えた。この声はかわいくない。

棚島4

唐衣《からころも》　裾に取りつき泣く子らを　置きてそ来ぬや　母なしにして——

そんな和歌をふいに思い出したのは、実家に帰った日曜の午後、美空を連れてショッピングパークを訪れているときだった。

日本最大級の規模を誇るパーク内には映画館もあり、ちょうど美空が観たいものをやっているという。本当は今日は衣装製作に充《あ》てたかったが、仲直りのつもりで棚島のほうから誘った。美空はいまだに不機嫌な態度をあらためないものの、拒絶はしなかった。

「何か買って入ろうよ。美空、何がいい」

当然とばかりについてきた夢乃は、棚島とまともに目を合わせない。ふだん以上に美空を甘やかしているように思えるのは気のせいだろうか。

「ポップコーンとメロンソーダ」

「いつものね」

美空がいつも何をほしがるのか、棚島は知らない。思えば深雪と三人で暮らしていたころから、一緒に出かけたことなどほとんどなかった。休日でも出勤が多かったし、そうでなければ寝ていたかった。行かないでとか遊んでとか、裾に取りついて泣かれた記憶はない。深雪が上手に言い聞かせていたのだろう。しかしいま、母はいない。

「お兄ちゃんは」

「俺はいいよ」

目を逸らしたままの夢乃に答え、三人で連れ立って映画館に入った。ハリウッドの大作は棚島の好みに合わなかったが、睡眠不足を補うことができたのでかえってよかったかもしれない。

美空と夢乃が席を立つのに合わせて、棚島も立ち上がった。エンドロールも終わり、館内は明るくなっている。人の流れに乗ってのろのろと歩き出しながら、棚島は美空に声をかけた。

「美空、パフェでも食べないか」

答えようか迷っている様子の美空に代わって、夢乃が「最初からその約束だもんね」と姪に話しかける態《てい》で言った。美空がほっとしたようにうなずき、棚島の心はまたさくれる。パフェを食べるつもりだと知っていたら、ポップコーンとメロンソーダなど買わせなかったのに。夢乃は躾がどうのと偉そうな口を利くが、これはスポイルにはならないのか。

夏休みのショッピングパークは全体的に混んでいたが、フードエリアは格別だった。美空たちには目当ての店があるらしく、棚島は黙ってついて歩いた。混ざり合った様々な匂いが、慢性的に調子のよくない胃袋を苛む。

「あら、あなた」

すれ違いざま、女に声をかけられた。見覚えはあるものの、とっさに誰だか思い出せない。身長は百五十センチ程度、薄くなりかけたショートヘア、柄物のチュニック、やや濃すぎる化粧、と観察してみるが、六十代くらいの女なら多くが当てはまりそうな特徴ばかりで決め手にならない。

「偶然ねえ、こんな遠くでお会いするなんて」

それで近所の主婦だとわかった。このショッピングパークは何しろ日本最大級であり、交通の便がよいため、都内からも多くの客がやってくる。

「実家がこっちなんです」

「ああ、そうなの。おひとり？」

「いえ、家族と一緒です」

少し先で美空と夢乃が振り返っていた。棚島がふたりを気にしているのに気づいて、主婦は何かを察したように痛ましげな顔になった。

「奥さん、大変なことになっちゃったわねえ」

「ご心配おかけしてます」

「きっとよくなるわよ。何かできることがあったら言ってちょうだいね」

「ありがとうございます」

主婦と入れ違いに、夢乃が美空の手を引いて近づいてきた。

「何あれ。あのおばさん、深雪さんのこと言ってたよね。大変なことになっちゃったとか何とか」

「近所の人だよ。東京の」

「深雪さんの事故なんて五年も前のことなのに、いまさらわざわざ何なの。嬉しそうな顔して」

「べつに嬉しそうな顔はしてないだろ」

「してたよ。あのわざとらしい表情はそういうことなの。大げさな口調でさ。気の毒は気の毒だけど、トピックとしておもしろがってるんでしょ。卑しい野次馬根性だよ。自分より不幸な人が大好きなんだよ」

「よせよ」

棚島は美空に目をやった。うつむきかげんで表情は見えない。夢乃はばつが悪そうに唇を嚙み、言い足りないぶんを鼻息に変えた。もともと姪と義姉に関することでは沸点が低いとはいえ、反応が過剰に思える。このところ常に機嫌が悪い。近ごろ恋人ができたらしいと母が喜んでいたが、それにしては少しも幸せそうに見えない。

運ばれてきたパフェは、コーンフレークで嵩増《かさま》しされていて、展示されていたサンプルとはずいぶん違った。夢乃は美空に話しかけることで、引きずった苛立ちを隠そうとしている。棚島は飲みたくもないコーヒーにちびちび口をつけ、ふたりの会話を聞き流していた。

美空、ハロウィンはやっぱりアンナちゃんの衣装がいいだろ。ずっと言いたかったことを頭のなかで台詞《せりふ》にしてみる。アンナちゃんの衣装にしないか、のほうがいいだろうか。してくれないか。いや、それでは下手に出すぎか。

夢乃はルカちゃんの衣装製作を進めているようだが、美空からは何も言ってこない。無意識に舌打ちをしていた。美空がぱっと顔を上げ、夢乃が目を剝いた。

「おいしいか」

慌てて笑みを向ける。美空は小さくうなずいてパフェに視線を落としたが、夢乃の眼差しは棚島に据えられたまま険しさを増した。仲直りは次回に持ち越しになりそうだ。ショッピングパークを出たら、棚島はその足で東京へ帰ることになっている。

熱した鉄板のような駐車場で、夢乃の車の後部座席からボストンバッグを取った。すでに助手席に座っている美空は、かたくなに振り向かない。ルカちゃんと同じツインテールはわざとなのか。あらわになったうなじを汗が幾筋も流れていく。

「じゃあ、パパは行くな。またしばらく会えないけど、おばあちゃんと夢乃の言うことをよく聞くんだぞ。それから夏休みの宿題はちゃんと終わらせるんだぞ」

「あと日記だけだよ」

美空はうなじの汗を見せたまま、ぼそっと言った。お兄ちゃんは何にも知らない、と夢乃の目が語っている。

「そうか、美空はちゃんとがんばってるんだな。パパも仕事がんばるよ。それに」

息を吸った。

「アンナちゃんの衣装も完成させなきゃな」

美空のツインテールが揺れたが、返事はなかった。棚島は落胆や苛立ちを表さないよう注意してドアを閉めた。肩に担いだボストンバッグがずしりと重い。

夢乃は車に乗り込まず運転席の横に立っていた。何だ、と目で尋ねる。

「あの女と別れて」

前置きなしに告げられた言葉が、すぐには理解できなかった。夢乃の視線に縫い止められて身動きができない。

夢乃は彼女の存在を知っていた。いつからだ。だからあんなに態度に棘があったのか。棚島が深雪の美点を語ったときの、白くなった顔を思い出す。お兄ちゃんがそれを言うの——あれはそういう意味だったのか。

「何のことだ」

ようやく唇が動いたものの、我ながら陳腐な台詞だ。おまけに声がかすれている。

夢乃は汚いものを見る目つきになり、無言でドアに手をかけた。排気ガスを顔に浴びせられても、棚島はその場に突っ立っていた。頭のてっぺんが焦げていくのを感じる。目がちかちかするほどくっきりとした影に、生ぬるい汗がぽたぽた落ちる。

背後からクラクションを鳴らされ、車の鼻先で小突くように駐車スペースを追い出された。どいてやるものか、ぶつけられるものならぶつけてみろ、という気持ちも湧いたが、すぐにばかばかしくなった。俺がいたい場所はここじゃない。

電車に乗り込んですぐに携帯の履歴を遡《さかのぼ》った。夢乃の言葉を借りれば「あの女」からの、たくさんのメッセージ。彼女は世間的には愛人と蔑まれる存在だ。

愛しているのかと訊かれれば、そうとは言えない。だが、必要だ。

ひどく気分が悪かった。胃液のようにこみ上げる負の感情を、誰かに吐きかけてやりたい。〈空色ソーダ〉、と反射的に名前が浮かぶ。

約一時間後、棚島は中野の住宅街の路上に立って、三階建ての古いマンションを見上げていた。まだ明るいのに、二階の角部屋はカーテンがぴっちり引かれている。ベランダには銀色の物干し竿《ざお》が見えるが、洗濯物は干されていない。

正面の入り口に回る途中、ごみ収納庫が目に入った。かつては蓋を閉めるだけだったが、いまはダイヤル錠がかかっている。少し前、ごみにたかっていたカラスが殺されたせいだ。棚島は見ていないが、主婦の立ち話から想像するに、気持ちがいいほどの死にっぷりだったらしい。

二〇一号室のポストからは郵便物が溢れそうになっていた。

＊

穏やかに晴れた春の日だった。

朝食の席で深雪と軽い口論になった。いや、口論とは言えない。棚島は声を荒らげたが、深雪はいつものごとく黙って夫を見つめるだけだった。

深雪が両手で包んでいたマグカップには、声にならなかった言葉がどれほど溜まっていたのだろう。ちびちびと飲み込む様に苛立ちが増した。

三歳になった美空は、棚島が買い与えたおもちゃでひとり遊びをしていた。かわいそうに、両親の様子がおかしいのを察してか、話しかけも近寄りもしなかった。

美空の前で怒りをあらわにするわけにはいかないから、棚島も言葉を呑み込んで、さっさと出勤することにした。

出ていこうとする背中に、深雪がぽつりと呟いた。

「ベランダに出てよ」

深雪がベランダから転落したのは、その日のことだった。

どうやら布団を干そうとして、布団ばさみを柵の外側に落としたらしい。大きく身を乗り出して下を覗き込んだ際、何かの弾みでバランスを崩したのだろう。ベランダの状況と、植え込みのなかにあった布団ばさみと、コンクリートに倒れて頭から血を流していた姿からの推測だ。

誰もが不運な事故を悲しんだ。だが棚島だけは、もしやという考えを捨てられなかった。

——私が一緒に荷物を背負って、ときには下ろせない荷物を捨ててあげる。

いつか深雪が口にした言葉だ。深雪は自分を棚島にとっての荷物と思い、宣言どおり捨てたのではないか。

幼い美空を室内に残していたことも、布団を干そうとしていたことも、遺書がなかったことも関係ない。ふっと心が空っぽになって、ぽおんと飛んだ。ミユキチと呼ばれた彼女ならありそうなことだ。

深雪の最後の言葉を思い出し、ベランダを歩き回ってみたが、物干し竿に頭をぶつけただけだった。白いエアコンの室外機と鉢植えの花があった。だから何だというのか。

病院で眠り続ける深雪を見つめ、奥歯を砕けるほど嚙みしめた。思い出が夢のようにぼやけた映像でよみがえった。色の薄い目も薔薇色の頬も、いまは見えない。

見舞いに来た利一にこぼした。

「たまらないよ」

楓5

蚊がいる。

撃鉄の音がするボールペンを振り下ろしたら、フローリングの床に目立つ穴が開いた。まただ。もう何度もやっているのに、嘲《あざわら》うかのような羽音はいつまでも止まない。

ポムがヒステリックな声を上げた。

「やめて、その声はかわいくないって言ってるでしょ」

叱ったものの、ポムが苛立つのもしかたない。いまいましい蚊。こんなにきっちり閉めきっているのに、いったいどこから入ってきたのだろう。

楓はもう何度目になるか、家じゅうの窓を確認し、鍵をかけ直し、カーテンの合わせ目に隙間がないよう重ねて回った。もう一週間以上、ほとんど動いていないせいで関節が軋む。

何者かにあとをつけられた翌日、出勤しようとしたら腹痛を起こした。吐き気もあったので念のために休んだ。夜には治っていたのだが、また翌朝、出勤時間になると同じ症状が現れた。無理に行こうとすると、汗が噴き出し足がすくんで動けなくなった。出勤に限らず家から出ること自体ができないのだと気づいたのは、この日の午後だ。原因は心にあるのだろう。証明するように、携帯を見ても同じ症状が出た。

会社には病欠で通しているが、悟にはそうはいかない。家のなかにいるぶんには元気なのに、買い物もごみ出しも、洗濯物を干すためにベランダに出ることもできないのだ。おまけに窓はおろかカーテンさえも閉めきり、買い換えたばかりの携帯も必要なときしか電源を入れない。変に思わないほうがおかしい。

欠勤三日目に事情を訊かれ、楓はしかたなく夜道であとをつけられたことを打ち明けた。それ以外は話していないが、ごみ荒らしに加えてカラスが殺される事件もあったため、悟は楓の恐怖を無理もないと受け止めたようだ。

カラスの事件は、小堀から悟の耳に入ったそうで、続報も間を置かずもたらされていた。警察によると死因はごみに混ざっていた殺虫剤で、小堀の夫が果樹園を営む知人からもらってきたものだという。小堀は雪かきに除草にと害虫駆除にとよく働いてくれるが、働きを周囲にアピールせずにはいられない性格で、夫が手に入れてくれた殺虫剤がことのほか効いたと、自分の功績とともに近所じゅうに触れ回っていた。また、殺虫剤は中庭の物置に置いてあり、物置に鍵はかかっていなかった。つまり、多くの人が殺虫剤の存在を知っていて持ち出すこともできたというわけだ。

ポムがまたギャギャッと叫んだ。光にも風にも当たれず、しかも掃除を怠った家のなかはとても快適とは言えず、ストレスが溜まっているのだろう。かわいそうだが、この声は癇《かん》に障る。

「やめてってば」

思わず手を振り上げた楓は、自分に呆れた。私ったらボールペンなんか握って。こんなもので蚊を突き殺せるわけがない。せめて小型のナイフくらいでないと。

楓は急いで棚に近寄り、化粧品のストックやサンプルをしまってある蓋付きのボックスを取り出した。舞い上がる埃とともに投資信託の資料が落ちた。将来のことを考えていたのが夢のように思える。現在と、そして過去しか見えない。

落ちた資料もそのままにボックスを探る。目当てのものは、色とりどりのパッケージの下に埋めてある。

あった。アウトドア用の小型ナイフ。折り畳むとほとんど手のひらに収まるそれは、あざやかなスカイブルーで丸みを帯びており、ＵＳＢメモリや携帯音楽プレイヤーを思わせる。

手に入れたのは十四歳のときだ。母が逮捕されたあと、引っ越して最初に買った私物だった。捨てられずに持っていたものの、触れるのは何年ぶりだろう。ゆっくりと引き出した刃は薄く、ままごとの包丁のようでかわいらしくさえあるが、魚をさばいたり果物を切ったりするには充分だという売り文句だった。楓の手首や腹も実になめらかに切れたものだ。

しっかり握ってポムの前に引き返したとたん、唸るような羽音が聞こえた。楓はさっそくナイフを振るったが、床に落ちてのたうちまわっているのは、蚊ではなく携帯だった。うっかり電源を切り忘れていたらしい。

表示されている番号を見て、息を呑んだ。知らない番号。もしや母か。それともまさか、〈いちごバンビ〉。なぜ。新しい番号は、悟と父と会社にしか知らせていないのに。

息を止めてタップする。

「カエちゃ」

「いいかげんにしてください」

ナイフの代わりに冷たい声を突き立てた。やはり母だ。思い出すのは、あの日の姿。あの目。

「私には話すことなんてありません。私の人生にあなたはいらない。あなたの人生にも、もう私はいらないの」

一方的に言い放って電話を切った。刺されてあえいでいた男のように、胸が激しく波打つ。

動悸《どうき》が治まらないうちにまた携帯が鳴った。表示を見て、母がこの番号を知っていた理由がわかった。裏切られた思いで携帯を耳に当てる。

「どうして。お父さん」

ゴールデンウィークに訪ねたとき、かかってきた電話に対して父は不自然な反応を示した。娘の知らないところで両親は連絡を取っていたのだ。

「いつから」

父が答えるまでに、少し時間がかかった。

「春先に向こうから電話があって、楓の連絡先を教えてほしいと頼まれた。何度も断ったんだ。でも、楓のためにどうしても伝えなければならないことがあると、必死の声で訴えられた。あいつのあんな声は初めて聞いたよ。おとなしい人だったろう」

楓は目を瞑り、何も思い出さないよう努めた。父のかすかな吐息が聞こえた。

「楓のために、という言葉に方便の響きはなかった。あいつはおまえの母親なんだ」

それを口にするのに、父は気力を要したようだ。しょっぱすぎるチャーハンの味が舌によみがえった。

楓は否定せず、詰《なじ》りもしなかった。

「腰の具合はどう」

父は一拍の間を置いて、ため息をついた。

「ああ、最近はいい」

「油断しちゃだめだからね。それから熱中症にも気をつけてよ」

「わかってる、わかってる。おまえのほうは元気なのか」

「忙しくて弱ってる暇なんかないよ」

「仕事があるのはいいことだ。でも体には気をつけてな。悟くんにもよろしく」

お決まりの会話に本音はいらない。顔を歪めて呻くのは、電話を切ってから。父はもう味方じゃない。

携帯を床に叩きつけたら、ポムが羽をばたつかせて飛び回った。ケージに跳ね返される様は、みじめにいたぶられるボクサーのようだ。

見ているといらいらするので、出窓から離れてベランダのほうへ行った。ガラス戸のそばに立ち、オレンジの光に染まるカーテンを細く開け、慎重に外を窺う。

首筋が凍りついた。人影。マンション裏手の住宅街を縫う細い道に、誰かが立っている。人影は男か女かすら見極められないうちに消えた。楓に見つかったのに気づいて逃げたに違いない。つまり、この窓を見ていたのだ。

楓はカーテンを力任せに引き、飛び退いてポムの前にうずくまった。膝を抱えて縮こまり、ナイフを両手で握りしめる。気のせいなんかじゃない。だってポムがこんなにも怯えている。

ストーカーという言葉が浮かんだ。みんなあいつのしわざなのか。だが、誰なのだ。動機から心当たりを探しても意味がないだろう。憎しみで傷つける人がいる。愛しさで傷つける人がいる。どんな感情だって理由になりうる。理由なんかなくたって。それに、他人の本当の気持ちなんてわからない。

誰かの舌なめずりが聞こえる。おまけにポムが暴れているせいで、うるさくて考えに集中できない。

「いいかげんにして」

ナイフの柄で軽くケージを叩いたら、思いがけず大きな音がして、ポムはいっそう落ち着きをなくした。楓の嫌いな声で喚《わめ》きたてる。楓は両手で耳を塞ぎ、あーあーと声を出した。

そんな状態だったから、玄関のほうでかすかに物音がしたときは全身が硬直した。続いて「ただいま」が聞こえたときは、涙が出そうなくらいほっとした。出張していた悟が帰ってきたのだ。

楓はナイフを畳んで部屋着のポケットに入れ、よたよたと玄関に駆けつけた。

「あ、ただい」

「さっき外に変な人がいたの」

縋りつかんばかりの様子に、悟はぎょっとしたようだ。おまけにひどい姿をしている自覚はある。悟がいなかったこの二日は、風呂に入るどころか洗顔さえしていない。無防備な状態で何者かが侵入してきたらと思うと、怖くてできなかったのだ。食事も睡眠もとれなかったせいで、痩せこけた顔のなかで血走った眼球ばかりが目立つ。

「変な人なんて見なかったけどなあ。俺じゃないの」

悟は努力してのんきな受け答えをしたに違いない。閉めきったカーテンには触れず電気を点けた。淀んだ空気が目に見えるようだ。

「まだ心労がとれてないんだよ。きっと知らず知らずのうちに仕事のストレスも溜まってたんだ。大丈夫、変な人なんていないよ。ごみ収納庫と物置には鍵がかけられたし、警察も重点的にパトロールしてくれてるって話だし」

悟は少し落ち着いたポムにもただいまを告げ、ダイニングの椅子に腰を下ろした。わずかにたわんだ床が、悟がここにいることを実感させてくれる。

楓は形ばかりうなずき、ふたりぶんの冷たい麦茶を入れて向かいに座った。悟が取ってきた郵便物は見ないようにした。紛失を疑う気力もない。

「出張はどうだった」

「いつもどおりだよ。ああ、生き返る」

たちまちグラスを空にした悟は、眼鏡を外してぎゅっと目を瞑った。目のまわりをしわくちゃにして、なかなか開けようとしない。

長い吐息とともにやっと現れた瞳には、やつれた楓が映っていた。何か真剣な話をしようとしているのだと気づき、みぞおちが冷たくなる。こんな楓とはやっていけないと宣告されるのではないか。悟まで私を傷つけるのか。

「楓は自分をどんな人間だと思う」

答えられなかった。優しい声で、なんて残酷な問いかけだろう。

「俺の知ってる楓は、賢くて強い女性だ」

楓ははっと目を瞠った。悟がにっこりした。

「そんなに怖がることないよ。頼りないかもしれないけど俺もいる。ゆっくりでいいから、楓らしさを取り返そう」

楓らしさ。俺の知ってる楓。悟の楓。

急に視界が開けた気がした。まるで夢から醒《さ》めたようだ。それも、とびきりの悪夢。傷だらけになったリビングの床が目に入り、愕然《がくぜん》とする。なんてこと。これを私がやったのか。幸い悟は気づいていないようだが、このままではいけない。こんなのは私じゃない。

引っ越しをしようと決意した。悟は賛成してくれた。

「さっそく明日から探してみるね」

「でも俺は明日からまた出張だよ」

「わかってる、ひとりで大丈夫」

悟がほっとしたのがわかった。それでこそ楓、と顔に書いてある。

悟が入浴しているあいだに、楓はナイフをボックスの奥深くに沈めた。

楓は翌日も会社を休んだ。だがそれは、昨日までのように家にこもって神経を尖らせているためではない。不動産屋を回るためでもない。

悟がスーツケースを引いて出かけていくのを見送ってから、楓は崎守に電話をかけた。知らない番号からの着信に、崎守は訝しげに応じた。声とともに蝉時雨《しぐれ》が聞こえる。クーラーの効いた部屋にこもっていると実感がないが、電話の向こうは夏なのだと思うと、まぶたの裏に刺すような眩《まぶ》しさを感じた。

「突然すみません。冬桜社の綾野です」

「えっ、綾野さん。具合はどうですか」

崎守は楓の病欠を聞いているらしい。

「大したことはないんです。それより崎守さんにお願いがありまして」

楓は口を挟む隙を与えず用件を告げた。

「〈ソラパパ〉さんの連絡先を教えていただけませんか」

楓さんに会いたいな——あのメールを送ってきたのは〈ソラパパ〉ではないかと、楓は疑っている。つまり、〈ソラパパ〉が〈いちごバンビ〉になりすましていたのではないかと。〈色葉〉のフレンドだった〈いちごバンビ〉と、〈空色ソーダ〉のフレンドになった〈いちごバンビ〉は、同一人物とは思えない。かつて可能性を考えたように、アカウントを乗っ取られたと判断するのが自然だろう。

〈ソラパパ〉と豹変《ひょうへん》した〈いちごバンビ〉には、ファントマという共通点がある。根拠はそれだけだが、あの男ならやりかねないとも思う。匿名掲示板のときは、一方的に恨まれる筋合はないからと否定したが、向こうにとってはそうではなかったのかもしれない。動機なんて本当に意味がない。特に、ねじ曲がった思考をする人間には。

〈ソラパパ〉がどうやって楓個人のメールアドレスを知りうるのかはわからない。崎守に教えているのは会社のアドレスだから、そこからということはない。〈ソラパパ〉のしわざでないならそれでいい。

何にせよ、本人にじかに尋ねるつもりだった。対決するのだ。悟の楓、賢くて強い楓なら、そのくらいはやる。

「〈ソラパパ〉さんに何か」

崎守は当惑しているようだ。〈ソラパパ〉とのやりとりはすべて崎守が行うと決め、そうしてきた。いまになって急に楓が連絡先を知りたがるのは不可解だろう。

「振り込みの件で」

「いままでどおり僕を通していただくのでは」

「お金のことですので、社外の方にお任せするわけにはいかないんです」

用意していた言葉を並べたが、崎守は納得しなかった。

「〈ソラパパ〉さんと何かあったんですか」

うまくしゃべれたと思ったのに、やはり鋭い。電話越しにもかかわらず、じっと目を見つめられているようだ。あの眼差しにさらされるのは、いつも居心地が悪い。

「何かって何ですか」

楓は笑い声をたてたが、しらじらしかったかもしれない。

「申し上げたとおり、振り込みの件で連絡をとりたいだけです」

「綾野さんが元気になられたらお話ししましょう。会社か、会社の電話で。失礼します」

崎守の語気は強くなかったが、毅然《きぜん》としていた。

夏と切り離された携帯を、楓は握りしめた。連絡先の一覧から、水峰の社用メールアドレスを選ぶ。『綾野です』とタイトルを付け、大急ぎで文面を作った。崎守がいまの話を会社に確認するかもしれない。その前に目的を果たしたい。

『長いこと休んでご免なさい。お陰様でだいぶ良くなり、もう外出も出来そうです。そこで今日、崎守さんのご自宅へ打ち合わせに出向きたいので、住所を教えて下さい。欠勤前から気になってた内容だから、これ以上は先延ばしにしたくないの。本人に訊けばいいんだけど、電話が繋がらなくて』

崎守に会って、あらためて頼んでみるつもりだった。場合によっては、〈ソラパパ〉らしき人物から嫌がらせを受けていると明かしてもいい。

水峰へのメールは我ながら無理があると思ったが、他に考えつかなかった。あとは水峰が一分でも早く出社すること、楓を信用してくれることを祈るしかない。

一時間ほど経って返事が来た。水峰は素直に騙《だま》されてくれた。体調を気遣う言葉のあとに、東京都下の住所と、わざわざ電車での行き方までが記されている。

待っているあいだに身支度はすませておいた。すぐにも出られる。しかし玄関のドアを開けるのには勇気が要った。何者かが待ち構えている気がしてならない。やはりナイフを持っていくべきか。ドアを前にして、リビングの棚を何度も振り返る。

ついに思いきってドアを開けた。押し入ってきた陽光が目に刺さり、たちまち肺のなかまで熱くなった。逃げ帰りたいのを堪えて外に出る。襲いかかってきたのは夏だけで、そこに人影はなかった。大丈夫。深呼吸をして歩き出す。久しぶりに履いたサンダルのヒールが足にこたえるが、鼓動をかき消す靴音が心強い。ポストやごみ収納庫は見ないようにした。

初めて名前を聞いた駅で降りた。急行電車が洟《はな》もひっかけない、都心と同じ東京とは思えない小さな町だ。店や人は駅のまわりにだけ集中し、少し歩けば静かな住宅街が広がっていた。暑さのせいもあってか、通行人はほとんど見かけない。

崎守の家はすぐに見つかった。こぢんまりとしたアパートで、ドアの間隔からして単身者専用なのだろう。外階段や壁の傷み具合を見るに新しくはなさそうだが、小汚い印象はなく日当たりもいい。

崎守の部屋は二階だった。迷惑がられるのを覚悟でインターホンを鳴らすと、壁が薄いのか音が外までよく聞こえた。応答はなく、室内で人が動いている気配もない。そういえば、電話をしたとき崎守は蟬時雨のなかにいた。

悟は出張で帰らないことだし、できるかぎり待ってみようと決め、駅前に引き返してカフェやファストフード店を流浪した。二、三時間おきに崎守宅を訪ねたが、そのたびに飲んだものが汗に変わっただけだった。

夏休みということもあってか、どの店も様々な年齢層の客で賑わっている。楽しそうな人々に混じっていたら、痩せさらばえた我が身が急にみじめになった。このなかに私より不幸な人がいればいいのに。

日が暮れてきて、最後と決めた訪問も空振りに終わった。腕時計を見ると午後七時。住宅街から駅へと向かう道は、様々な料理の匂いに満ちている。食欲があったころは、おいしそうだと感じていたのだったか。もう忘れてしまった。

どこかの家からピアノの音が聞こえてきて、思わず足が止まった。弾《ひ》いているのは子どもだろうか。途中でつまずいては、同じ箇所を何度も弾き直している。

――もう一回やってみようか。

耳もとで声がした。楓は勢いよく振り向き、それから耳をごしごし擦った。ばかなこと。ここにあの男が、今西司《いまにしつかさ》がいるわけないのに。

今西は母が見つけてきたピアノ教師だった。いま通ってるお教室の先生、カエちゃんには合わないいんじゃないかと思うの。新しい先生はうちで見てくださるんですって。

楓は母が寂しいのだろうと思った。父は地方に単身赴任していたし、楓も中学生になって家にいない時間が増えていた。楓は特に不満のなかった教室をやめた。

初めて今西がやってきたとき、若くて格好いいことに驚いた。教師としても悪くなかった。教え方は上手だったし、温厚で、理不尽な叱り方はけっしてしなかった。レッスンの前後や途中によく冗談を言った。母が淹れる紅茶の、カップの持ち方がきれいだった。

拙い演奏がまた途切れる。ぶつりと、突然に。

その日はレッスンの日ではなかった。いいワインが手に入ったからと、母が今西を夕食に招いたのだ。弱いと自分で言っていたとおり、今西はグラス一杯で真っ赤になった。母は笑って料理を勧め、二杯目、三杯目を次々に注いだ。グラスが空になっている時間はまったくなかった。今西はとうとうグラスを手で覆った。本当にもうこれで。だが母はやんわりとその手をどけた。遠慮なさらず、どうか召し上がってくださ い。娘がお世話になっているほんのお礼なんですから。先生に見ていただくようになってから上達が早くなったんですよ。ねえ、カエちゃん。楓はにっこりしてうなずいた。先生が大好き。そういう態度を取れば、母が喜ぶのを知っていた。

母はとてもはしゃいでいた。空になった二本のボトルを持ち、もう一本取ってくると言って、ふわふわした足取りでリビングを出た。それほど浮かれた母は見たことがなかったから、もうやめといたら、という言葉が喉で止まった。今西はどろんと潤んだ目をして、背骨がぐにゃぐにゃになったみたいにソファにもたれていた。

母はたぶんキッチンでうとうとしてしまったのだろう。なかなか帰ってこない母を待つあいだに、楓は自分が飲んでいたウーロン茶を今西のグラスに注いで差し出した。受け取ろうとした今西の指は、鍵盤を正確に押さえる指とは別物のように震えていた。グラスは今西の体を転がり、床の絨毯《じゅうたん》の上に落ちた。運よく割れなかったが、絨毯にも今西の服にもウーロン茶の染みが広がった。楓はとっさにナプキンを掴み、今西の腿に押し当てた。花柄のナプキンがじわりと茶色に染まった。

拙い演奏が再開され、楓は我に返った。びっしょりと汗をかいている。無意識に自分の手首を摑んだ。あのとき、今西に摑まれた手首。理性を失った今西は、楓に恐ろしいことをした。

ひどい不協和音が響く。楓は音に突き飛ばされたように駆け出した。家々から漏れる明かりを踏みつけ、踏みにじり、無我夢中で走る。

気がつくと小さな児童公園にいた。薄ぼんやりとした電灯の下、空っぽのブランコが静止している。肋骨にまで響く鼓動。それとも、内側に潜む少女が外に出ようと叩いているのか。呼吸が苦しくて膝に両手をついた。蝉が出てきた跡だろう、乾いた地面にはぼこぼこ穴が開いている。気持ち悪い。

――楓は自分をどんな人間だと思う。

悟の言葉に縋りついた。賢くて強い楓。悟の楓。

私はもうあの子じゃない。私は戻らない。二度と、あのころには。

家へ帰ろうと体を起こした。

目の前に人がいた。

ピンクの髪。顔の大部分を占める巨大な目。ぴくりとも動かない満面の笑み。『ヒロイン』にも毎号登場する女児向けアニメのヒロインだ。そのお面をつけている。目の部分には穴が開いていて、生きた人間の黒い瞳が覗いている。

悲鳴を上げたのだろうか。ふっと意識が遠のき、視界が傾《かし》いだ。

「何やってんの」

「勝手に倒れたんだよ」

男女の喚き合う声が聞こえる。薄闇のなかでアルファベットが揺れている。

あれは、S——。


目を覚ましたとき、自分がどこにいるのかわからなかった。白い天井と細長い蛍光灯。ベッドのまわりはオフホワイトのカーテンで囲まれている。手に違和感があって、見れば点滴の管が繋がっていた。独特の臭いもする。

何度か瞬きをして、病院だと認識した。気を失って運ばれてきたらしい。

意識がはっきりしてくるにつれ、直前に見たものがよみがえってきた。アニメのヒロインのお面。それをつけて目の前に立った人間。そして、アルファベットのSを象ったピンクゴールドのピアス。

ノックの音にシューズが床を擦る音が続き、カーテンの外から呼びかけられた。楓が返事をすると、人のよさそうな看護師が丸顔を覗かせた。看護師によれば、いまは午後八時半で、倒れた際の打撲は問題ないが睡眠と栄養の不足が深刻で、今夜は入院すべきらしい。四人部屋だが楓しかいないため携帯を使っていいとも言われた。

ありがとうございます、と答えたものの、連絡する相手はいない。悟に伝えたところで出張先から引き返させるほどの状態ではないし、なぜこの町へ来ていたのかと突っ込まれても困る。父に知らせることでもない。明日になったら会社に欠勤を伝えるくらいか。

「それから、綾野さんに面会したいという方がお待ちなんですけど、お会いになれますか。救急車を呼んで同乗してくださった方ですよ」

誰なのかは聞かなくてもわかった。

「通してください」

看護師は点滴の速度を調節してから出ていった。

現れた水峰は、ひと目で泣いたとわかる顔をしていた。まぶたが腫れ上がり、小ぶりの鼻は真っ赤で、ファンデーションとマスカラが混ざり合って筋を作っている。

「すみませんでした」

深々と頭を下げた水峰の耳には、あのSのピアスがなかった。

「ピアス、どうしたの」

他に訊くべきことがあるはずなのに、頭に浮かんだ疑問がそのまま口に出た。不思議と怒りはない。衝撃も恐怖も、あらゆる感覚が麻痺《まひ》しているみたいだ。蛍光灯の無機質な光が、場にぴったりだと思った。

「捨てました」

水峰は姿勢を変えずに答えた。鼻声がさらに湿り気を帯びる。

「綾野さんをこんな目に遭わせたのは、私と私の彼氏だった男です。イラストレーターの中谷ミゲル、本名は中谷繁《しげる》」

ピアスのSはふたりに共通するイニシャルだと聞いていた。詩織のSと繁のS。楓は中谷の本名を憶えていなかったので、思いがけない人物の登場にぽかんとした。そのうち痛い目みるよ――中谷の捨て台詞をぼんやりと思い出す。

「中谷は『ヒロイン』の契約を打ち切られたことを不満に思ってました。しばらくは別の雑誌に描いてたんですけど、廃刊が決まって、新しい仕事も取れなくて、何もかも綾野さんのせいだって恨むようになって。私は中谷のイラストを悪いと思わなかったから、気持ちはわからなくもなかったんです」

たしかに水峰とはイラストレーターの変更をめぐってぶつかった。納得してくれたと思っていたが、そうではなかったのか。

「だから私、中谷に綾野さんのナウドゥを教えたんです」

とたんに神経が覚醒した。水峰がおずおずと顔を上げる。

「やってますよね、〈空色ソーダ〉っていう名前で。その前は〈色葉〉」

「どうして知ってるの」

誰にも話したことはないはずなのに。

「いつだったか編集部宛てにいただいたお菓子を検索したら、〈色葉〉さんのナウドゥがヒットしたんです。内容からうちの人かもって思って書き込みを遡ったら、いろいろ綾野さんに当てはまってて」

うかつだった。楓は自分を呪った。

「それで〈色葉〉にコメントを送り、フレンドになった。正体を隠して」

「軽い気持ちだったんです。知り合いだって明かさないほうが、本音で話ができると思って」

「水峰が〈いちごバンビ〉だったんだね」

「そうです、〈色葉〉さんのフレンドだったときは」

「〈空色ソーダ〉にコメントを送ってきたのは、中谷さんってわけ」

アカウントを乗っ取られたのではなく、自ら譲り渡していたのだ。

水峰は力なくうなずき、そのまま下を向いている。透明な雫《しずく》がぽたぽた落ちるのを、楓は冷え冷えとした気持ちで見ていた。

「ナウドゥでブロックされたから、今度はメールアドレスを教えました。そしたら綾野さん、中谷がメールを送った次の日から会社に来なくなっちゃって。さすがにやりすぎたと思って、もうやめようって言ったんです」

「でも今日、私が崎守さんの自宅を訪ねることも教えたんでしょ」

それを知っていたのは水峰だけだ。

「最後に綾野さんの行動を教えてくれって頼まれたんです。危害は加えない、脅かすだけだ、本当に最後にするからって懇願されて、それで気がすむならと思ってしまいました。念のために私も、打ち合わせだって嘘ついて会社を出てきたんですけど、まさか気を失うほど怖がらせちゃうなんて」

「水峰が救急車を呼んだんだってね」

「当然です」

水峰は心外とばかりに顔を上げた。ピアスのない耳たぶが赤くなっている。

「中谷はほっといて逃げようって言いました。最低」

ぎゅっと結んだ唇が震え出した。涙で濡れた唇はぬらぬらして、腸に似ていると思った。

「本当に最低の男。中谷とは不倫だって話しましたよね。違ったんです。中谷は独身でした。私と結婚するつもりなんかなかったから、できない理由をでっち上げてたんですって。やめとけってみんなに言われてたのに、私がばかでした。鋭いつもりだったんだけどな」

　水峰は笑おうとしたようだ。ふっと息をついて背筋を伸ばす。

「ここを出たら警察へ行って、自分たちがしたことをすべて話します。今日の件だけじゃなくて、ナウドゥとメールでの嫌がらせについても」

「それだけ？」

　水峰の顔に当惑が表れる。

「どういう意味ですか」

　演技には見えない。そういえば一連の告白のなかでも、楓の住所を教えたとは言わなかった。では、他の嫌がらせは。ストーカーめいた行為は。

「水峰の知らないところで、中谷さんが何かやってるってことはないの」

「ないと思いますけど。武勇伝みたいに私に語ってたから。あの、他にも何かあるんですか」

　話すつもりはなかった。水峰は味方じゃない。

　問いを重ねる水峰をよそに、楓はじっと横たわっていた。内なる少女が無表情で見つめてくる。水峰と中谷が〈いちごバンビ〉だったなら、ふたりは楓の過去の日記を読んだということ。知られているということ。ねえ、このままでいいの。

水峰がため息をついて立ち上がった。

「警察へ行きます。本当にすみませんでした」

ねえ、いいの。

カーテンがめくられる。水峰はそこでちょっと足を止めた。

「信じてもらえないと思うけど、私、綾野さんのこと好きですよ」

どう受け止めたらいいのかわからなかった。あんなに苦しめておいて、好き。

目を閉じると、頭がずぶずぶと枕に呑まれていく気がした。少女は出てこなかった。

点滴のおかげで少し眠れたようだ。

翌朝、電車で帰宅した楓は、まっすぐリビングの棚に向かった。例のボックスをひっくり返し、中身を床にぶちまける。使いかけの口紅、試供品の化粧水、ごみばかり。目当てのものを拾い上げる。スカイブルーの折り畳みナイフ。刃を出した状態で構え、家じゅうを点検して回った。誰も潜んでいないし異常もない。

すべてのカーテンの合わせ目を重ね直したところで、全身が汗まみれになっているのに気づいた。外ももちろん暑かったが、閉めきっていた家の中は蒸し風呂だ。

そういえばポムのおかえりを聞いていない。見ればポムはケージの隅でぐったりしていた。暑さやストレスで暴れたのか、大量の羽が散っている。すぐにクーラーをつけてケージの上に凍らせた保冷剤を置き、水と餌を新しいものに替えた。

「ごめんね、もう大丈夫だからね」

だがポムは口をぱくぱくさせるばかりで返事がない。瞳孔が小さくなった目に、楓が映っているのかどうかもわからない。

この子が私に答えないなんて。私を見ないなんて。

楓は顔をケージに押しつけ、食い入るようにポムを見つめた。葡萄色の目。空を抱いた腹。私のポム。ねえ、ポム。

ポムの好物の小松菜を買いにいこうと思った。シャワーを浴びて、昨日から着たきりだった服を替え、勇気を奮って家を出る。あたりに怪しい人影はない。

しかし帰宅した楓は、リビングに足を踏み入れたとたん、レジ袋を床に落とした。

こんなもの、もう意味がない。

だってポムは死んでいる。ひと目でそうとわかる。

白かった体は赤く濡れ、腹の青空も見えない。ケージの前の傷だらけの床に、同じ赤に染まったナイフが落ちている。もともとはスカイブルーだった、楓のナイフ。

楓はぺたんとくずおれ、自分の体を抱きしめた。震える腕に強く爪を立てる。

「ごめん、ポム、ごめん」

危険だとわかっていながら、ポムをこの家に置いておいた。そばにいてほしかったから。きっと大丈夫だと、根拠のない言葉で自分を騙し続けた。そのせいでポムは死んだ。

これで満足なの。いまも近くで笑っているかもしれない誰かに、力なく問いかける。もうどうでもいいと思った。ポムとともに、楓も死んだのだから。

どうやって過ごしたのかわからないうちに朝が来た。

久しぶりに出勤した楓を、同僚は複雑な表情で迎えた。何をどこまで知っているのだろう。水峰がいないのは、警察へ行ったことと関係があるのだろうか。落ち着いたら今後の話をしようと、編集長の菊池が言った。今後。ぴんとこない。

廊下で携帯にかじりついている桑田を見かけた。人目をはばかるように壁のほうを向き、口もとを片手で覆っている。

「そう、保育園から連絡が来たの。なんでそんな意地悪な子になっちゃったんだろ。寂しいからって、何それ、私のせいだっていうの。いつも育児について立派なこと言ってるくせに、口だけじゃない。私は異動したくないのに異動したよ。自分の時間ややりたいことを犠牲にしてさ。揚げ足とらないでよ」

表情は歪み、すっきりもきっぱりもさっぱりもしていない。カラオケに行った夜、子育てに関してむきになった姿を思い出す。

鋭いつもりだったんだけどな――水峰の呟きがふいによみがえった。

桑田は、水峰は、本当はどんな人間なのだろう。

電話を切った桑田と目が合った。

「変なとこ見られちゃったな」

桑田は顔をしかめたが、頬には淡い笑みがある。珍しくためらうそぶりのあと、思いきったように大きな口を開いた。

「あのさ、私、綾野と水峰のことは同志だと思ってるんだよね。だから水峰にも復帰してほしいし、まずは綾野が復帰して嬉しい。おかえりなさい」

目の前でぱちんと手を鳴らされた気がした。桑田の口癖を笑い無神経だと憎んでいた自分を振り返る。

――楓は自分をどんな人間だと思う。

悟の声が空のかなたから聞こえてくるようだ。

どんな人間になりたかったのだろう。

賢くて強い。でも意地悪になりたかったわけじゃない。

だが、いまさら何を考えてもしかたない。もうどうでもいい。

校了の日はすばらしく晴れていた。空が高い。去りゆく夏の匂いがする。

楓はしばらく窓の外を眺めてから、卓上カレンダーをめくった。『百均で変身！ヒーロー＆ヒロイン』は、ハロウィンの一ヶ月前には全国の書店に並ぶ。そのころ自分はどうなっているのか。

崎守には無事に校了した旨をメールで伝えた。〈ソラパパ〉の連絡先を訊く気はもうなかった。自分の手で処理できる段階は超えてしまっている。

出張から帰った悟は、ポムの死体を見つけて警察に訴えるだろう。動物を殺すのは、たしか器物損壊罪だ。おまけに家のなかで殺されている。犯人を捜す過程で、楓への嫌がらせが明るみに出る。楓の秘密も。

想像しても涙は出ない。怖くもない。何も感じない。

金曜だが桑田と飲みにいく気にもなれず、まっすぐ家へ帰った。

放置したままのポムの体が臭い始めている。やがてポムがどろどろの液体になり気体になったら、呼吸とともに楓のなかに入ってくるのだろうか。閉めきった部屋だから、どこかへ逃げてしまうことはないはずだ。

携帯が震える音がした。楓のものではない。音を追ってさまよい、寝室に置き忘れられた悟の携帯を発見した。仕事では職場で貸与されたものを使っているので支障はないようだ。そういえば出張に行ってから連絡がない。

悟の携帯は震え続けている。画面を見ると職場からだ。見つめているうちに電話は切れたが、またすぐにかかってきた。長く呼び続けている。

楓は迷ったすえに電話をとった。

「ああ、やっと繋がった」

やれやれといった感じの若い男の声。

「私は家の者ですが」

「えっ、あれ、そうなんですか」

「申し訳ありません、本人は携帯を忘れていったようでして」

「マジですか。仕事用の携帯がさっきから繋がらなくて。でもご家族に連絡がついてよかったですよ。もしかしていま病院ですか」

「病院？」

最初に考えたのは、悟が事故にでも遭ったのかということだった。

「千葉北総合でよかったんでしたっけ。急遽《きゅうきょ》スケジュールをキャンセルして向かってるって、一時間前に本人から電話があったんですけど、駅だったのかな、雑音でよく聞き取れなかったんですよね」

おい、と叱りつける声が後ろで聞こえた。何ですか、とうるさげに応じる声。ご遺族に対してその態度はないだろう。え、そんなの教わってないし、だいたいこれって僕の業務じゃないですよね。

「あの」

たまりかねて口を挟むと、男はふてくされたように言った。

「このたびはご愁傷様でした」

「ご愁傷様って」

「ですから、奥様のこと、ご愁傷様でした」

その言葉をどう受け取ればいいのかわからなかった。まるで悟の妻が死んだように聞こえる。いや、相手は明らかにそう言っている。当の妻に向かって。

何かの間違い、いたずら電話、詐欺、新手の嫌がらせ。それとも自分がおかしくなってしまったのか。

「もしもし。それでですね、仕事のことで急いで連絡をとらなきゃいけないんで、病院で会ったら職場に連絡するよう伝えてもらいたいんですよ。病院のほうにも頼んでおきますけど、念のため。じゃあ、よろしくお願いしますね」

慌てて捕まえようとしたが間に合わなかった。かけ直しても繋がらない。

楓は話を聞くのを諦め、教えられた病院を検索してみようとした。しかし悟の携帯にはロックがかかっており、電話に出ることはできたが他の操作はできない。のんきな悟がロックをかけていたとは知らなかった。

自分の携帯に持ち替えて検索する。たしか、千葉北総合病院。実在していた。いまから行けば二十一時までには着ける。ここにいたってポムと一緒に腐っていくだけだ。最寄り駅から病院まではバスが出ているとのことだったが、待てずにタクシーに乗った。闇に塗り潰された窓には、屍蠟《しろう》のような女の横顔が映っている。運転手はひとことも話しかけてこなかった。

千葉北総合病院は、正面にロータリーを備えた立派な建物だった。空を背負っているせいか空港を思わせる。タクシーは帰りの予定も聞かずにユーターンした。ライトが目に入って、頭のなかが黄色くなった。

案内表示に従い、見舞客用の夜間入り口へ向かう。院内はひと気がなく薄暗い。

受付でどう尋ねたものかと思ったが、とりあえず夫の名を出すと、相手は心得顔になって病室を教えてくれた。沈痛な面持ちだった。どうやら悟の妻がここにいるのは事実らしい。では、やはり自分がおかしいのか。

差し出された用紙に必要事項を記入し、エレベーターに乗って廊下を進む。自分ではない誰かが体を操っている。きっと内側に潜む少女だ。

病室から漏れる光のなかに、男が立っていた。中肉中背で短髪、スーツを着て眼鏡をかけている。

悟。呼びかける前に男が振り向いた。悟は漂白されたように白くなった。楓の頭のなかはまだ黄色かったので、やや黄色くも見えた。

思わず足を止める。悟の口がうっすらと開く。

病室から看護師が顔を出し、悟をなかへと促した。看護師の服は白い。そう認識したとたんに急激に血がめぐり、こめかみがどくどくと脈打った。悟が病室に吸い込まれる。小走りになって追いかけようとしたら、入れ替わりに出てきた看護師に阻まれた。

「申し訳ないですが、ご親族以外の方はご遠慮ください」

「親族って、私は」

声がかすれる。

「いったい誰が亡くなったっていうんです」

看護師は眉をひそめ、ドアがきちんと閉まっているのを確かめるように、ちらっと背後に目をやった。

「失礼ですが、どういうご関係でしょうか」

「私は悟の、棚島悟の妻です」

白衣の門番は驚き、なお警戒を強めたようだ。

「棚島悟さんの奥様は、本日、当院にて亡くなられました」

すぐには言葉が出なかった。またた。みんなが悟の妻は死んだと口をそろえる。よってたかって楓を殺そうとする。目がちかちかするほど頭が痛い。

「ですから、棚島悟の妻は」

「棚島深雪さん。五年前からずっと入院されていました」

私が証人だとばかりに看護師は胸を反《そ》らした。いまや露骨に疑わしげな眼差しが詰問してくる。で、あんたは何者なの。

眼差しに押され、後ろによろめいた。肩にかけたバッグの持ち手に縋りつく。

棚島深雪。棚島悟の妻。保証人つきの、正真正銘の。

では、でも、私は。

頭が割れる。心臓を吐き出してしまいそう。

ねえ、私は。

ドアの向こうに悟を見つけようとした。全身を耳にして答えを待った。しかし病室は閉ざされたまま、物音ひとつ返らない。

悟は来ない。

楓はまっすぐに立ち、ドアに視線を当てて告げた。

「私は綾野楓。事実婚で籍は入れていませんが、棚島悟の妻でした」

看護師の反応はいらない。楓は指輪を抜いて床に落とし、病室に背を向けた。悟は追ってこなかった。

病院を出ようとしたところで、息せき切った声が耳に飛び込んできた。

「棚島深雪さんは」

棚島深雪。さっき閉ざされたドアの前で聞かされた名前だ。

声のほうを見て驚いた。受付のカウンターに身を乗り出しているのは崎守だ。駆けつけてきたばかりのようで、横顔が汗に濡れて光っている。くたびれたTシャツに、擦り切れたビーチサンダル。取るものも取りあえず家を飛び出したらしい。

「棚島深雪」

ほとんど無意識に名前をなぞると、崎守は弾かれたように振り向いた。楓を認めて大きく目を瞠る。何度も崎守の目を見てきた。だが、こんなに取り乱した目を見るのは初めてだ。

「知り合いなんです。〈ソラパパ〉さんの奥さんで」

崎守はひどい早口で告げ、すぐに受付に向き直った。病室に駆けつけることしか、いまは頭にないようだ。

鼓動がひとつ、大きく鳴った。視界がぐにゃりと歪む。

棚島悟には深雪という妻がいた。それだけではなかった。棚島悟が〈ソラパパ〉だった。

〈ソラパパ〉には娘がいる。悟の子ども。

――やっぱり大人だけの生活はいいよな。

ああ、だから。

「じゃあ僕は」

入室許可を受けた崎守が、ほとんど走り出しそうになって楓の横をすり抜けていく。

足音が聞こえなくなっても、楓はその場に立ち尽くした。受付の女性に声をかけられたが、足は動かないままだ。どこへ行けばいいのかわからない。どこへ帰れば。

あてもなく歩き出し、気がつくと自分のマンションを見上げていた。他に行くところがなかったのだと思うと、ひどくみじめだった。真っ暗な窓がよそよそしく映る。ポムはもういない。悟も帰らないだろう。ひとりぼっちになってしまった。いや、ずっとそうだったのか。味方がいない。誰も私を愛してなんかいない。みんなみんな嘘ばかり。

「楓ちゃん」

それはとても小さな声だったので、最初は気のせいだと思った。いま、そう呼ぶ人に心当たりもない。

「楓ちゃん」

もう少し大きな声で呼ばれた。喉に詰まった空気をがんばって押し出したような声だった。

振り返りながら、振り返ったのは私じゃないと思った。すっかり顔なじみになった無表情の少女が、体を支配している。あの日からずっとそうだったのかもしれない。楓は一時的に借りていただけ。そして返すときが来た。

二メートルほど後ろで、ひとりの男が足を止めていた。住宅街の狭い道は暗く、すでに人通りも絶えている。いつか夜道であとをつけられたのを思い出した。鼓動が速くなったようだが、借りものの体では鈍くしか感じられない。

男がそろりと足を踏み出した。楓の手がバッグを強く引き寄せた。男は痩せていて、ぎくしゃくした歩き方から老人かと思ったが、距離が近くなるにつれて、もっとずっと若いとわかってきた。四十代半ば、ひょっとしたら超えたばかりか。男の顔がはっきり見えた。楓の喉がひくっと震えた。この顔を知っている。十六年ぶん老い、ひどくやつれてもいるが、整った造作は変わらない。思いつめたような顔をしている。目ばかりが異様に大きく見える。瞬きもせず、楓を貫くほどに凝視している。

楓は棒立ちのまま、いつのまにか体じゅうで息をしていた。肌が痺れるように粟立ち、冷たい汗が流れる。どこかで蟬が死にかけているらしく、じじっと焦げるような音がした。断末魔。だが、まだ生きている。男はまだ生きている。

荒れた唇がゆっくりと開いた。

「やっと会えた」

震える声と同時に、男の見開かれた目からぶわっと涙が溢れた。絶え間なく滴る雫を拭いもせず、よろめくように近づいてきて、両手を楓に向かって差し伸べる。ピアニストらしい長い指。

少女はもう二度と、この指に触れられたくなかった。なのにどうして。体が動かない。悲鳴さえ出ない。あのときと同じ。

リビングの入り口で立ちすくむ、母の姿がよみがえった。ずっと思い出さないようにしてきたのに。鳥の影がさっと地を走り抜けるように、母の目のなかに一瞬だけ表れた嫉妬の色。そうだ、楓は知っていた。ピアノのレッスンの日は、母が鏡の前にいる時間が少し長くなること。母がセンスのいいお茶菓子を探しては、電車を乗り継いででも買いに出かけていること。

「楓ちゃん」

今西の指が、ついに楓の手にかかった。十六年の時を超えて捕まえにきた。

赤い血が散って、蟬の羽音が消えた。

そして、静寂。

第三部

真実

棚島5

枕もとのコスモスがひとひら散って、深雪の髪を彩っていた。何日か前に美空が持ってきたものだ。まだ暑いけど暦の上では秋なんだよ、と得意気に看護師に語ったという。

あの子がいつのまにか立秋を知っている。それを知らずに深雪は逝った。自転車に乗れるようになったことも、時計が読めるようになったことも、二十五メートル泳げるようになったことも、何も知らないままだった。

末期《まつご》の水で潤した唇は、淡くほほえんでいるようだ。もうずっと前から棚島には向けられなくなっていた笑顔。

五年前には夫婦関係は破綻していた。どちらが離婚を口にしてもおかしくなかったし、時間の問題だったろう。

ところが、あの転落事故が起きた。植物状態になった妻と離婚するのは、見捨てるようであまりにも体面が悪い。そもそも法的に認められる可能性も低い。

眠り続ける深雪は家事も育児もできない。棚島が歯を食いしばって働いても労ってはくれず、しかも稼いだ金は入院費に消えていく。ただでさえ少ない休日も、ある程度は見舞いに費やさなくてはならない。深雪の言葉を借りるなら、下ろせない荷物そのものだ。

愛していれば、つらくはあっても、犠牲になっているとは思わなかったろう。だが、愛していなかった。もう愛していなかった。だから深雪の寝顔を見るたび、金が引き落とされるたび、嫌なやつにぺこぺこするたび、心はいつも同じ言葉を叫んだ。

――たまらない。

死んでくれていればよかった。ならば、愛していなくても悲しむことはできたはずだ。

いまは何よりほっとしている。左手の薬指に嵌まった指輪を、穏やかに眺めることもできる。

ずいぶん久しぶりに触れた頰は、瘦せて乾いた感じがした。もう薔薇色ではない。

「ごめんな」

思いがけずまぶたが熱くなった。初めて言葉を交わした日の、雨の匂いがよみがえった。あの日もこうして部屋にふたりきりで。

遠慮がちなノックの音がして、看護師が開けたドアから夢乃が飛び込んできた。遅れて母が、足もとのおぼつかない深雪の父を支えてそろそろと入ってくる。義父は最初、娘の結婚に懸念を示した。もっと強く反対するべきだったのだ。悪い虫など追い払ってくれたらよかったのに。

棚島は義父に椅子を譲った。義父はつらそうに何度か瞬きをしたが、涙は見せずに母の手を借りて末期の水を取った。

「美空は」

「お友達の家で預かってもらってるわ。あの子にはまだ知らせてないのよ」

母は途方に暮れたように棚島を見た。

「わかってる、俺から話すよ。ところで葬儀だけど」

声を潜めて話し合う母と息子に、夢乃が涙に濡れた目を向ける。その尖りがいまは心地よい。母のような現実的な助力を必要とする一方で、深雪のためにただただ悲しんでくれる存在がありがたかった。

見返した棚島の眼差しに何かを感じ取ったのか、夢乃の瞳が揺らぎ、新たな涙が溢れ出す。母は泣きじゃくる夢乃を促し、再び義父の体を支えて早々に帰っていった。

棚島も戸口まで手を貸した。

廊下にもう楓の姿はない。あるはずがない。楓はなぜかここへやってきて、おそらくすべてを知ってしまった。棚島は何も言えず、追うこともできなかった。そんな資格はない。

　楓に初めて出会ったのは、軽い気持ちで参加した合コンだった。深雪が眠りについて三年が経とうというころで、日に何度も心がたまらないと叫んでいたから、ちょっとした現実逃避のつもりだった。

　その席で、ひとり異なる意見を臆さず述べる楓に惹かれた。出版社で編集者として働く楓は、経済的にも精神的にも自立しており、主張や要望ははっきり口にする一方で、むやみに共感を求めはしない。自分の問題は自分の問題として自分だけで処理することができる。

　いけないことだとわかっていながら、妻子の存在を隠して交際を始めた。深雪は入院していたし美空は実家に預けていたから、独身だと思わせるのは難しくなかった。

　やがて楓が結婚を意識するようになると、察した棚島は一計を案じた。ふだんの会話のなかでさりげなく結婚制度の問題点を挙げ、自分が結婚制度に対して懐疑的であることを匂わせ、事実婚の方向へ誘導したのだ。幸運なことに、楓は進歩的な考えの持ち主であり、両親が離婚していることもあってか、制度としての結婚にはこだわらなかった。棚島は深雪に贈ったのと同じ指輪を楓にも贈った。ふたつの指輪が同じなら間違える心配もない。楓のマンションに棚島が移り住む形で、ふたりの生活を始めた。公務員宿舎は契約したままにして、たまに掃除をしたり郵便物を取ったりしに寄った。

あらためて振り返れば、まるで綱渡りだ。いつばれてもおかしくなかったどころか、今日までばれなかったほうが不思議なくらいだ。恐れる気持ちはいつもあった。罪悪感もあった。それでも離れられなかった。

母たちと入れ違いにやって来た看護師が、棚島に何かを差し出した。

「さっきの綾野さんという方が落としていかれましたよ」

軽蔑しきった口ぶりだった。同じ指輪が深雪の薬指にも嵌まっていることを、看護師は知っている。

棚島は手のひらに乗せた指輪をどうすることもできず、ぼんやりと見つめていた。楓はこれを落としたのではなく捨てたのだと、それだけがわかっていた。

棚島は喪主として葬儀の手配に忙殺された。時間は飛ぶように過ぎ、楓のことを考える余裕はなかった。通夜、告別式と進み、ついに深雪の棺が炉に運び入れられる。本当に最後だ。これから二時間ほどかけて、深雪は白い骨になる。

　ママを焼かないでと泣いて暴れていた美空は、急に糸が切れたように、棚島の腕の中でぐったりとした。抱きしめた小さな体は、涙と汗でどこもかしこも濡れている。棚島は美空を控え室へ抱いていき、椅子に座らせて顔を拭ってやった。美空はされるがままになりながら、大きな目で懸命に棚島を見つめる。

「ねえ、パパ」

「うん？」

「雲の上はいつも晴れなんだよね。じゃあママ、嬉しいね」

　胸が詰まって言葉が出なかった。深雪は美しい空を愛し、娘に美空という名をつけた。いつか話して聞かせたことを、美空は大切に憶えていたのだ。

　まぶたを腫らした夢乃がジュースを持ってきた。美空はありがとうと受け取って飲み始めた。

「母さんは」

　あそこ、と夢乃が示した先を見ると、親戚に囲まれて相手をしている。喪主である棚島がすべきことだ。

「ちょっと行ってくる」

　そちらへ向かう途中で、控え室の隅にたたずむ長身が目に入った。誰とも話さず、用意された軽食にも手をつけず、どこか気が抜けた様子で宙に視線を投げている。

「残ってくれてたのか」

そばへ行って声をかけると、利一は我に返ったように棚島を見た。告別式ではろくに言葉も交わせなかった。

「最後のお別れだからな」

「ありがとう。深雪も喜んでるよ」

「きれいな顔してたな」

「まるで出会ったころみたいだったよ。あのころの深雪は、つらいことなんてひとつも知らなかった」

「でもけっこう苦労してたんだろ。実家はそこそこ裕福だったけど、母親の反対を押し切って進路を決めたせいで、大学時代はろくに援助してもらえなかったって」

初耳だった。たしかにバイトに精を出していたが、高価な専門書のためだと思っていた。遊びやファッションに金をかけないのも、たんに和歌以外には興味がないのだと受け取っていた。

「弱音とか不満とか、負の感情は口にしない人だったよな」

一方で、口にしないくせにわかってほしいと期待してもいる、そういうところを棚島は嫌いになった。だが、深雪をそんなふうにしたのは自分だ。自覚はある。

棚島は強く拳を握った。手が震えていた。

「深雪が落ちたのは、本当に事故だったと思うか」

「事故でなくて何だ。自分から飛び降りたとでも」

利一は落ち着いている。棚島がずっとそれを疑い、恐れていたことを、見抜いていたのかもしれない。

「そんなはずないと思いたい。でも、俺は深雪のすべてを知ってたわけじゃない。最後の言葉の意味もやっぱりわからない」

「ベランダに出てよ、か」

「出てみたさ。何の変哲もないベランダだったよ。白い室外機と鉢植えの花と物干し竿があった」

「それだよ」

「え？」

「室外機はほっとくと雨や砂埃で汚れてしまう」

棚島はあっと口を開けた。深雪は自分の経験や感情を、棚島にも共有してもらいたがった。室外機がぴかぴかになったよ。鉢植えの花が咲いたよ。洗濯物がよく乾いたよ。深雪の声が聞こえてくるようだ。

思わず深雪がいるほうへ、控え室の扉の外へ目を向けた。すると、そこにスーツ姿の男がふたり立っているのに気づいた。喪服ではなくふつうのスーツだ。目が合って、会釈をされたので同じように返したが、どちらの顔にも見覚えはない。控え室には入らず、扉の外から棚島に視線を送ってくる。

「私に何か」

近づいて尋ねると、ふたりのうち年かさのほうが「ここではちょっと」と応じた。白いものが混じった髪を短く切り、がっしりした体を地味なスーツに包んだ姿は、堅実な生き方を想像させる。

「出てきていただいてもよろしいですか。お時間は取らせませんから」

言葉は丁寧だが、有無を言わせぬ迫力があった。いやに目つきが鋭い。

男たちは棚島を駐車場へ連れ出し、空っぽの送迎バスのそばで立ち止まった。朝から曇っていた空はいっそう暗くなり、湿った熱気が肌に粘りついてくる。

年かさの男が、内ポケットから定期入れのようなものを出し、縦に開いてみせた。上に顔写真、下に金色の記章。刑事ドラマか何かで見たことがある。

「中野署強行犯捜査係の草野《くさの》です。棚島悟さんですね」

「そうですが、刑事さんが何のご用でしょう」

草野はちょっと眉を上げた。

「綾野楓さんの件ですが」

「楓？」

体が硬くなった。病院で最後に見た顔がまざまざと思い出され、急き込んで尋ねる。

「楓に何かあったんですか」

「おや、ご存じないですか」

草野はメモを取ろうと構えている若い警官と顔を見合わせた。

「棚島さんは綾野さんの内縁の夫ということで間違いないですよね」

棚島はとっさに周囲を見まわした。よその家の葬儀だろう、遠くのバスに喪服の一団が乗り込もうとしている他に人影はない。

「そうです」

棚島はためらいを振り払って認めた。楓とのあいだでは事実婚という言葉を用いてきたが、この際どちらでもいい。

「綾野さんから連絡はありませんでしたか。たとえば電話で助けを求められたとか」

「助け？　いったい」

「八月二十八日の深夜のことです」

「ですから」

答えを急かそうとしたとき、その日付が脳に染み込んできた。深雪が死に、楓がすべてを知った日。深夜ということは、楓が病院を去ったあとだ。

「綾野楓さんは男性を殺害しました」

ようやく与えられた答えを、棚島は理解することができなかった。

「え？」

「自宅マンションの前で刺したんです。何度も何度もね」

草野の淡々とした声は、耳を通り抜けていくばかりで頭に入らない。自分の口が開きっぱなしであることに気づくまで、ずいぶん時間がかかった。

「楓が人を殺した……？」

「信じられませんか。しかし残念ながら事実です。本人はすでに逮捕され、報道もされてますよ。葬儀の準備でそれどころじゃありませんでしたか」

「楓が、誰を」

喉がからからで、一語をしぼり出すたびにひどく痛む。

「今西司という男です。名前に聞き覚えは？」

棚島は首を横に振った。

「綾野さんが中学生のとき、ピアノの家庭教師をしていた男です。名前でなくても、それらしい人物の話を聞いたことは？　昔の知り合いから連絡があったとか」

再び首を横に振る。楓がピアノを習っていたことも知らなかった。

「では、綾野さんがストーカーの被害に遭っていたというのは事実ですか」

棚島ははっとして顔を上げた。

「その男がストーカーだったんですか」

「事実なんですね」

「私たちが住んでいるマンションで、ごみが荒らされるという事件が何度かありました。それにカラスが毒殺されたことも。どちらも警察に届けてあるはずです。あと楓は、夜道であとをつけられた、変な人が部屋を見ていたと言っていました」

「綾野さんがそう言うのを聞いて、棚島さんはどう思いましたか」

草野は微妙なニュアンスを鋭く聞き取ったようだ。棚島はちょっと口ごもった。

「実のところ、気のせいだろうと思っていました」

「それはどうして」

「楓はその、ふつうの状態ではなかったんです。精神的にまいっていて、そのせいでありもしないものを見たり聞いたりしたんだろうと。ごみやカラスの件にしても、たんに悪質ないたずらで、楓個人を狙ったものだとは思いませんでした」

「綾野さんは一週間以上も会社を欠勤し、家に引きこもっていたそうですね」

刑事たちはすでにあちこちで情報収集をしてきたらしい。棚島が不快な表情を見せても、草野は意に介するふうもない。

「八月二十三日に、棚島さんは妹さんと娘さんと一緒にショッピングパークに行かれましたよね。そこで中野の同じマンションの住人である小堀さんに会った」

そういえばそんな名前だった。

「棚島さんは家族と来ていると言ったが、一緒にいたのが奥さんではなかったので、やはり奥さんは来られないんだと気の毒に思った、と小堀さんはおっしゃっています。ご近所をよく見ていらっしゃるようで、綾野さんが外に出ていないことにも、カーテンが閉めっぱなしで洗濯物も干されていないことにも、早い段階で気づいていたそうです。小堀さんが言う『奥さん』は、綾野楓さんのことですね。ちなみに妹さんと娘さんのことは、妹とその娘だろうと思ったそうです」

あのとき、夢乃は小堀が深雪の話をしているのだと勘違いして怒っていたが、小堀は深雪の存在を知らない。棚島と楓の関係が事実婚であることは、たとえば楓の勤務先などでは進歩的だとして受け入れられていたようだが、必要がなければわざわざ説明はせずにごくふつうの夫婦としてふるまっていた。

「そんな状態の綾野さんをひとりにしておくのは心配ではなかったんですか。実家に帰るのを中止しようとは考えませんでした?」

「仕事が忙しくて、娘と接する時間が少ないものですから。ご存じのとおりあの子の母親はずっと眠ったきりで、実質、親は私だけなんです。楓は自立した大人だけど、美空はまだ八歳なんだ」

「あなたを責めてるわけじゃありません。お気に障ったなら申し訳ない」

落ち着けというように草野は厚い手のひらを見せた。

「私だって楓を心配しなかったわけじゃありません。でも八歳の娘の期待を裏切るほど深刻だとは思わなかった。だからこそ出かけたんですが、帰ってきたら楓の状態は悪化していました。でも私が帰って話をしたら落ち着いたんです。引っ越しをしたいと言い出したりして、前向きな気持ちになったように見えました。私は翌日から出張だったので、物件探しなどはできないと言ったんですが、ひとりで大丈夫だと」

「連続で家を空けたわけですか」

「私の仕事は、徹夜も出張も休日出勤も日常茶飯事なんです」

だから実家に帰るときも、そう言えば疑われることはなかった。

「長めの出張だったようですね」

「二十四日から二十八日までの予定でした」

「では最終日に」

「そうです。病院から連絡があり、残りの仕事をキャンセルして向かいました。そこへどういうわけか楓が」

声が震えそうになって唇を噛む。

「そのとき綾野さんと何か話はされましたか」

棚島はまた首を横に振った。

「綾野さんはどんな様子でした」

「おそろしく無表情でした。顔だけじゃなくて、なんというか全体に」

「ふつうじゃなかった？」

「というより、楓じゃないみたいでした。少なくとも私の知る綾野楓ではなかった」

それほどまでに神経がまいっていたのだろう。そして棚島の裏切りがとどめを刺した。ぼろぼろになって帰宅した楓は、ストーカーに待ち伏せされてパニックに陥ったのだろうか。楓は相手を何度も刺したという。そうするのは生き返るのではないかと恐れてのことが多いと、何かで聞いたことがある。

「これを見ていただけますか」

草野が内ポケットから写真を出した。写っているのはフローリングの床だが、めちゃくちゃに傷つけられている。棚島は眉をひそめた。

「何ですか、これ」

「見覚えはありませんか。あなたと綾野さんが暮らしていたマンションのリビングですが」

「えっ」

「気づいておられなかったようですね。あなたの出張中にやったのかな」

棚島はぎょっとして草野を見た。

「やったって、楓がってことですか」

「二十三日、あなたがご実家から帰られたときはどうでした」

答えの代わりに新たな質問を投げかけられる。

「どうって、楓がこんなことするわけ」

「床はきれいな状態だったんですか」

それは、と棚島は言葉に詰まった。

「わかりません。私はリビングにはなるべく近づかないようにしてるんです」

「なぜですか」

「鳥アレルギーなんです」

草野の目がわずかに丸くなった。

「このマンションでインコを飼ってらしたんですよね？」

「楓がペットショップで惚れ込んだんです」

ポムの腹の色を、楓は美しい空にたとえた。深雪が娘に与えた名との偶然の一致に、棚島はうすら寒いものを感じて、ソーダフロートに似ているなどととぼけたものだ。

「楓の望むようにしてやりたくて、アレルギーのことは黙っていました」

幸い重度のアレルギーではなく、家にいる時間も長くはないから、隠しておくことは可能だった。カーテンを開けるのは楓に任せ、テレビはダイニングに置き、くつろぐのはダイニングか寝室ということにすれば、リビングに入る必要はない。どうしても必要があれば、眠いふりで目を擦ってみせた。アレルギーではあったが、ポムを嫌いだったわけではない。

「そうですか、インコは綾野さんが。かわいがっていたんでしょうにね」

「どういう意味ですか」

汗が頰を流れ落ちた。いつのまにか全身がびっしょり濡れている。

草野はもう一枚、写真を見せた。心臓がどくんと強く震えた。

「折りたたみナイフ、ですか」

あざやかなスカイブルーで、手のひらに収まりそうなほど小さい。

「やはり見覚えはありませんか」

いいえ、と答えるあいだにも鼓動がどんどん激しくなっていく。

「綾野さんがバッグに入れて持ち歩いていたものです。このナイフが、今西司とインコの命を奪いました。リビングの床を傷つけたのも、同じナイフとボールペンです」

すぐには声が出なかった。汗でずれた眼鏡の位置を無意識に何度も直していた。その動作を黙って眺めている草野の目は冷ややかだ。棚島に楓の指輪を渡した看護師の目と重なり、刑事が最初から棚島を軽蔑していたことに急に気がついた。

「ポムは、インコは死んだんですか」

「二十九日の朝、私が部屋に入ったときにはすでにひどい臭いでした。この暑さのなか、閉めきった部屋ですから。殺されたのは二十五日ごろのようです」

楓が引っ越しをしたいと言い出した日の、わずか二日後だ。快方に向かっているように見えたのに。

「ところで、棚島さんはストーカーの正体に心当たりはありませんか」

知らずうなだれていた棚島は、異常に重い頭をのろのろと上げた。

「その今西とかいう男なんでしょう?」

「それだと辻褄《つじつま》が合わないんですよ。今西は長崎在住で、東京に来たのは事件の前日です。我々は今西ではない複数の人物が、様々な方面でのストーキング、嫌がらせを行っていたと見ています」

「複数の人物? 様々な方面?」

「詳しいことはお話しできません」

草野がわざとらしく腕時計を見た。

「ちょっと長くなりすぎたようですね。今日のところはこれで失礼しますが、棚島さんはいつ東京へ」

「待ってください」

棚島は声を張り上げて草野の言葉を遮った。ここで引き下がれるわけがない。

「今西という男は、どうして楓の前に現れたんですか」

草野はため息をつき、まいったというように頭をかいた。

「綾野さんに会いにきたんでしょう。事件現場はマンションの前ですし、発生時刻は深夜です。場所と時間の両方から判断して、たまたま会ったとは考えにくい。会う約束をしていたとも思えません」

「つまり、今西が一方的に押しかけてきたと」

「家族や職場にも黙って出てきたらしく、奥さんは捜索願いを出そうとしていました。今西はこのところ精神的にかなり不安定だったそうです」

「待ってください、さっぱり意味がわからない。精神的に不安定だと、大昔ピアノを教えてた生徒にいきなり会いにくるんですか」

草野は少し沈黙した。

「まあ、どうせいずれわかることだからいいでしょう。今西司と綾野さんの関係はそれだけではありません。綾野さんのお母さんをご存じですか」

「楓が中学生のときにお父さんと離婚したと聞いています。私は顔も名前も知りませんし、楓もいっさい連絡をとっていないそうです」

「離婚の原因を？」

「聞いていません」

「今西司です。綾野さんの母親は、娘のピアノ教師と不倫関係になり、痴情のもつれから男を刺したんです」

棚島はぽかんと口を開けていた。さっきから驚くことが多すぎて、思考も感情もついていかない。

「今西は一命を取りとめ、綾野さんの母親は傷害罪で服役しました。離婚したのはそのあとです。綾野さんの心の傷は深かったようですよ」

「それはそうでしょう。その被害者が、いや、楓にとっては加害者だ、そいつがどうしていま楓に会いにくるんです。やっぱりわからない」

草野は答えなかったが、理由を知っている顔に見えた。少なくとも予想はついているに違いない。

教えてくださいと棚島は詰め寄ったが、草野はまるで聞こえていないかのように空を見上げた。

「とうとう降ってきたな。棚島さん、もうなかへ入っていただいてけっこうです。お忙しいときに失礼しました。またお話をうかがうことがあるかもしれませんので、そのときはよろしくお願いします」

今度こそ制止も抗議ものともせず、若い警官を従えて去っていく。

「お兄ちゃん」

後ろから声をかけられて、駐車場にひとり突っ立っていた棚島は体を震わせた。振り返ると、夢乃と利一が硬い表情でたたずんでいた。

「葬儀社の人が喪主はどこかって。それで私たち、あちこち探してて」

「いまの話、聞いてたのか」

「このバスの向こう側にいたの」

「どこから聞いてた」

「綾野楓さんが男性を、ってところ」

青ざめた夢乃の顔がみるみる歪んでいく。

「どうしよう、私のせいだ」

「え？」

「綾野さんはストーカーに心を追いつめられて、それでそんなことをしちゃったんでしょう。そのストーカーって私なんだよ」

夢乃の声はほとんど悲鳴に近かった。棚島は反射的にきつく目を瞑った。衝撃も混乱ももうたくさんだ。

「お兄ちゃんが浮気してるってわかって、あとをつけたの。綾野さんの顔を知ってからは、そっちを尾行した。どんな女だろうと思って、ごみを漁ったり郵便物を盗んだりもした。許せなかったの、深雪さんと美空の敵が」

にわかに信じられる話ではない。だが思い当たることもあった。近ごろ夢乃に恋人ができたらしいと母が喜んでいたが、根拠は、夢乃が頻繁に出かけることだったのだ。七月後半から八月は高校が夏休みで、非常勤講師の夢乃は動きやすい。郵便物の盗難というのは初耳だが、楓があとをつけられたのも三度のごみ荒らしも、その期間の出来事だ。

棚島はまぶたをこじ開けた。涙を流す夢乃のかたわらで、利一が顔を背けるようにしてうつむいている。

「俺にも責任がある。夢乃ちゃんから棚島が浮気をしてるんじゃないかって相談されて、おまえの携帯の暗証番号を教えたんだ。ロック解除してるのを前に見たことがあって、憶えてたから」

「私が教えてって頼み込んだの。利一さんは浮気なんてありえないって、ずっと否定してたんだよ」

しかし利一の確信を裏切って、男の名で登録された楓とのやりとりが発見されたというわけか。夢乃と利一が連絡をとっていたとは知らなかったが、たとえば公務員宿舎で、あるいは深雪の病院で、会って連絡先を交換していても不思議ではない。

「深雪さんと美空の敵って言ったけど、それは建前だったかもしれない。お兄ちゃんは家のことも美空のことも深雪さんのことも私に押しつけて好き勝手してるって、私自身が不満に思ってただけかもしれない。嫌じゃないよ、ぜんぜん嫌じゃないんだけど、でも」

もういいと言ってやることはできなかった。罵らずにいるだけでせいいっぱいだ。いや違う、もはや罵る気力さえ湧かない。

以前、楓と別れるよう夢乃に迫られたのも駐車場だった。あのときは熱した鉄板のようだったアスファルトが、雨粒に黒く塗り潰されていく。

「美空」

棚島は無意識に呟いた。夢乃がここで泣きじゃくっているなら、急いで美空のそばへ行ってやらないと。

控え室に足を踏み入れたとたん、美空が腹に飛びついてきた。

「パパ、いた」

姿の見えない父親を探していたらしい。

「いるよ。ごめんな、ひとりにして」

しっかり抱きとめると、美空はいまにも泣き出しそうな顔で棚島を見上げた。

「パパ、大丈夫?　すごく苦しそう」

思いがけない言葉だった。自分のことよりパパを心配してくれるのか。

「濡れてるよ。早く拭かないと風邪ひいちゃう」

「平気だよ。寒くないから」

「だめ。パパが病気になったら、パパまでいなくなったら」

美空は歯を食いしばった。目と鼻がどんどん赤くなっていく。

棚島はいっそう強く美空を抱きしめた。胸が張り裂けそうだった。きっと自分の目と鼻も赤いのだろう。

「ごめんな」

叩いて。寂しい思いをさせて。お母さんを好きじゃなくなって。他の人と暮らして。逃げて、ごめん。

こんな父親でも、美空は必要としてくれている。しがみつく力の強さ、シャツに染み込む涙の熱さから、痛いほど伝わってくる。

あなたは荷物を下ろせないと深雪は言った。絶対に下ろしてはいけない荷物はほんの少ししかないのだと、やっとわかった。

それだけは下ろさない。

楓6

『ヒロイン』への復帰。
固定電話。
子ども。
静寂のなかで、ほしかったものを数えていた。その数だけ、ナイフを振り下ろした。
秘密に怯えない人生。
絶対的な味方。
混じりけのない愛情。
私を傷つけない誰か。
傷つかない私。
賢くて強い楓。
やっぱり手に入れられなかった。私にはできない。
『ヒロイン』への復帰。
固定電話。

子ども。
秘密に怯えない人生。
絶対的な味方。
混じりけのない愛情。
私を傷つけない誰か。
傷つかない私。
賢くて強い楓。
ふつう。
ふつう。
ふつう。

棚島6

楓が思ったほどやつれていなかったので、ひとまずほっとした。だが見覚えのないTシャツとスウェット、何よりもふたりを隔てるアクリル板が、現実を突きつけてくる。面会室はテレビで見るとおりだった。アクリル板と細長いカウンターを挟んでパイプ椅子が向かい合わせに置かれ、部屋の隅には看守がいる。無機質で、とても静かだ。

楓との面会が解禁になった翌日、棚島は仕事を休んで警察署にやってきた。本当は昨日すぐに来たかったのだが、面会は一日にひと組しか許されておらず、初日は楓の父に譲るしかなかった。棚島からの電話に低い声で応じた父は、必要最低限のことしか語らず、最後にきっぱりと、二度と娘に関わってほしくないと告げた。

「面会に応じてくれてありがとう」

最初にそう言おうと決めていた。しかしうつむきかげんだった楓が顔を上げたとたん、途中で言葉が止まりそうになった。楓は他人を見る目で棚島を見ている。

「とりあえず衣類と現金を差し入れしたけど、他にいるものある？」

楓は沈黙で応えた。面会時間が十五分ほどしかないことを考えれば、辛抱強く返事を待っている暇はない。

棚島は居住まいを正し、頭を下げた。

「まずは、ごめん。謝ってすむことじゃないってわかってるけど、本当にごめん」

身勝手な言い訳にしか聞こえないのは承知の上で、二重生活に至った経緯を説明する。楓は黙ったまま、眉ひとつ動かさない。

「楓がストーカーに遭ったのも俺のせいなんだ」

夢乃は自分がやったことをすでに警察に打ち明けている。あれほど怯えさせられた出来事の真相だというのに、話を聞いても楓は無反応だった。驚いていないというよりも、どうでもいいというふうに見える。

「娘さんの名前は何ていうの」

だしぬけに楓が尋ねた。乾いた声で、棚島の知らないしゃべりかただ。棚島は唾を飲み込んだ。

「美空。美しい空って書いて」

「だから〈ソラパパ〉で〈みーパパ〉なんだ」

棚島は驚いて楓を見つめた。

「どうしてそれを」

「〈色葉〉のナウドゥと過去の日記を、掲示板にさらしたのは悟なの?」

「え?」

棚島の混乱と動揺を、楓は冷めた目で眺めていた。答えを待たずに淡々と続ける。

「〈色葉〉は私。ユーザーネームの由来はイロハカエデだよ」

いまの自分はさぞまぬけな顔をしているだろうと、痺れたような頭で考えた。楓の声は聞こえているが、脳が理解を拒んでいる。

「過去の日記を読んだなら、十六年前のことも察しがついてるかな。私が中学生のとき、お母さんが逮捕された事件の真相」

　看守がちらりと楓を見た。楓が何を語ろうとしているのかわからないが、嫌な予感がする。

「お母さんは私のピアノの先生と不倫してて、痴情のもつれから相手を刺して重傷を負わせた。そういうことになってる。でも真実は違うの。先生を刺したのは、私」

　看守がメモを取り始めたが、楓は気にする様子もない。話すのをやめさせたいのに声が出ない。

「お母さんは先生に恋をしてた。でも、不倫してたっていうのは嘘。あの夜、お母さんは先生にたくさんワインを勧めたの。お母さんも先生もべろんべろんになって、ふたりとも別人みたいだった。新しいワインを取りに行ったお母さんが、キッチンで寝込んじゃったみたいで帰ってこなかったから、私は先生を介抱しようとした。まさか先生があんなことするなんて思いもせずに」

　過去の日記の内容が、ようやくぼんやりと頭によみがえってきた。楓が十四歳のときに、新しい土地に引っ越したところから始まる日記。

「私は服を直すこともせずに、呆然とリビングの床に転がってた。その足もとで先生は体を丸めて泣いてた。そこへお母さんが帰ってきたの。立ちすくむお母さんの目に、一瞬、嫉妬が浮かんだ。本当にほんの一瞬だけだったけど、私にはわかった。そしたら急にスイッチが入ったみたいになって、私は立ち上がってキッチンへ行った。目についたぴかぴかの果物ナイフを摑んで、そして」

「よせ」

やっと出た声は、あまりにも弱々しかった。

「私が先生のお腹に突き立てたナイフを、お母さんが抜いたの。そのとたんに血が溢れて、先生が苦しんで暴れるもんだから飛び散って、私もお母さんも血まみれになった。お母さんは両手でしっかりナイフを握り、食い入るように私を見つめて、お母さんがやったのよって言った。それから気を失いそうな先生の耳もとに屈んで、私が刺したのよ、あなたとの不倫関係のトラブルで、って呻き声に負けない声で怒鳴った。話を合わせるなら救急車を呼ぶとも言ったから、先生は必死でうなずいたよ。お母さんは私を愛してた。身代わりになることでそれを証明したの」

楓、と呼びかけたものの、何を言えばいいのかわからない。うまく息が吸えず、呼吸がどんどん浅くなる。

「でも私はもうお母さんを愛せなかった。二度と関わりたくなかったし、忘れたかったの。だから電話もずっと拒んでた。お母さんから電話がかかってくるたび、あの日に連れていかれる気がした」

「電話があったのか」

「昨日、お父さんと一緒にお母さんも面会に来たの。それでいろいろわかった。今年の春先、先生からお母さんに電話がかかってきたんだって。番号は興信所でも使って調べたんだろうね。先生には娘がいて、もうすぐ十四になるんだって。あのときの私と同じ歳。その子が私と同じような犯罪に遭ったらしいの。ずっと罪悪感に苦しんできた先生は、それを因果応報だと受け止めて、過去の罪について許しを請わなければならないという思いに取り憑《つ》かれた。どうしても私にじかに謝りたいから連絡先を教えてくれって、お母さんに迫ったんだって。電話を切っても切ってもかけ直してきて、同時に手紙も送ってきて、かなり様子が変だったみたい」

今西は精神的に不安定だったと、刑事が言っていたのを思い出す。

「お母さんは私にそのことを伝えて、気をつけるよう警告したかったんだって。過去の事件の真相はお父さんにも秘密にしてたから、伝言を頼むわけにもいかなかったんだね。私がこうなって、とうとう打ち明けたって。お父さん、何も言わなかったけど、相当ショックだったと思う。真相そのものも、ずっと知らなかったことも」

母の決断は遅すぎた。警告は届かず、今西は結局、自力で楓の居場所を突き止めて会いにきた。その瞬間、かろうじて繋がっていた楓の理性の糸がとうとう切れたのだ。

「お母さん、ごめんなさいって泣いてた。自分のせいだって。でも十六年前に先生を刺したのも、いままた刺したのも、お母さんじゃない、私。ポムを殺したのも」

初めて楓の瞳が揺らいだ。

「ポムは絶対的に私を愛してくれてると思ってた。なのに、このごろは私の嫌いな声で鳴いてばかり。あのときは返事をしてくれなかったの。私を見てくれなかった」

「そんな、だからって」

「おかしいと思うでしょ。そう、私はおかしいんだよ。自分が傷つけられたり、ときには傷つけられそうになっただけでも、相手に対して過剰に攻撃的になるの。日記に書いた、不倫相手との別れにしても同じ。彼を殺してしまわないためには、離れなくちゃいけなかった。いつもそう。想像のなかでなら、どれだけ殺したかわからない。それもひどく残忍な方法で。そうすると気持ちが落ち着くの。十六年前からずっと」

過去の日記の断片が次々に頭に浮かぶ。

――私ひとりが何かを隔てた場所に居る。

——私のからだの中には、恐ろしい化け物が棲みついたまま。

——私は多分、狂ってる。

茫然自失の状態で今西を刺した楓は、半ば無意識に人を殺しかけた自分を異常だと思い、内に潜む凶暴性を恐れたのか。

——新しいひとになりたい。

——食べるのが普通だから、食べなくちゃ。

——化けなくちゃ、上手に化けなくちゃ。

隠さなければ、変わらなければと、もがいてきたのか。

「想像だけで抑えられるって、もう大丈夫だって思ってたんだけどな。カラスを殺しちゃったとき、ああやっぱりだめなんだってわかった」

棚島は息を呑んだ。マンションのごみに殺虫剤が混ぜられた事件。そういえば、夢乃が告白したストーカー行為のなかに、それは含まれていなかった。

「こんな私が母親になろうなんて、やっぱり無理だった」

「母親？」

寝耳に水だった。棚島と同じく、大人だけの生活に満足していたのではなかったのか。

「私を絶対的に愛してくれる存在がほしかったの。それに、このくらいの歳で子どもを持つのがふつうでしょ」

「楓」

かける言葉を見つけられないまま、棚島は楓に手を伸ばした。指輪を外した左手がアクリル板に阻まれる。

「悟、前に私に訊いたよね。自分をどんな人間だと思う、って。私はいつも求めてた。私を愛して。傷つけないで。そうでないと」

愛情に貪欲で傷つきやすくて攻撃的。そのすべてが度を越していて不安定。それは棚島の知らない楓だった。

「悟は私を、賢くて強い女性って言ってくれた。ちゃんとそう見えてるんだって嬉しかったよ。さんざん笑いものにされた〈色葉〉のナウドゥは、あるべき自分のガイドラインだったの。私は賢くて強い人間になりたかった。何よりも、ふつうの人間になりたかった」

楓はアクリル板に人差し指を当て、ひとつひとつ読み上げながらアルファベットを書いた。

「h、u、m、a、r」

〈色葉〉のナウドゥのＩＤにも、日記のＵＲＬにも、共通して使われていた文字列だ。

「中学の英語のテストで、humanって書いたつもりがhumarになってたの。人間になり損なってた」

いつのまにか瞳の表情が消えている。

棚島は急いでアクリル板に指を押し当て、楓がｒと書いたあたりに線を足してｎに変えた。力が入りすぎて、手の骨が白く浮き出している。

「ありのままの自分じゃないのは、多かれ少なかれ誰だってそうだよ。俺だってそう。もともとの性格が嫌で、変わろうと思ったんだ」

大学の同級生や利一に嫉妬し、深雪を得ることで優越感を満たしていた。その深雪に対してさえ嫉妬を拭えなかった。深雪が妊娠して大学院を辞めると決めたとき、愛されていることを実感して嬉しかった。だがそれだけでなく、自分より優秀な人間の未来が閉ざされる、妻の世間的な評価が自分より下になる、そこにも卑《いや》しい喜びを感じてしまった。劣等感にまみれ、そのくせプライドは高く、自己愛ばかりが強い男。

楓に出会い、変わろうと誓った。大らかな人間に。妻の喜びを喜び、悲しみを悲しめる夫に。誓いを忘れかけたとき、思い出させてくれたのも楓だ。たとえば、楓が棚島を必要だと言ってくれたおかげで、〈空色ソーダ〉への嫌がらせを思い留まることができた。ファントマのレビューを書いたことに、嫌がらせの気持ちはまったくなかったと断言できる。

「悟は本当は几帳面なんだろうなって、いまになってみればわかるよ。スーツを自分でこまめにクリーニングに出してたし、私の服のほころびをこっそり直してくれたりもしてたでしょ。もっとくたびれてた気がするけど、って思ったことがあった」

「几帳面というか、神経質なところがあるんだ。そこも嫌なんだけど」

棚島は無理にほほえもうとしたが、うまくいかなかった。頬が引きつり、顔が歪んでいるのが自分でわかる。

「悟は自分を変えたい。私は自分を隠したい。まったく違うことだよ」

楓は冷静に棚島を突き放した。

棚島は思わず身を乗り出し、眼鏡をアクリル板にぶつけそうになった。いつのまにかポロシャツの背中が濡れている。

「そんなこと言うなよ。悪いところは直していけばいいじゃないか。いままで楓の悩みに気づかなくてごめん。本当の楓を見つけてあげられなくてごめん。これからは理解して支えるから」

突然、楓の表情が大きく動いた。目がまん丸になり、それから晴れやかな笑顔になった。

「私、悟が大好きだよ。その鈍いところがいちばん好き」

場違いな笑顔を、棚島は呆然と眺めることしかできない。

「やっぱり全然わかってないよ。私は、本当の私を理解してほしいなんて思ってない。悟みたいに変わりたいとも思わない。そのためには本当の私を直視しなきゃいけないから。見たくないし、見られたくないの。埋めて、忘れて、存在しないことにしたいの。がんばって作ってきた自分だけを、自分だと信じたいんだよ」

楓の目は、棚島のあらゆる言葉を拒んでいる。押しつけないでと壁を築いている。

「悟は見抜かないからよかったの。マグリットの『恋人たち』みたいに、悟のそばでは安心していられた。話を聞いてて理由がわかったよ。悟は私じゃなくて自分を見てたんだね。私も同じ。私たちはお互いを鏡にして自分ばかり見てたんだ」

静かに立ち上がった楓は、もう笑っていなかった。その顔を覆う布を取り払いたいのに、アクリル板に当てた手がずるずると滑り落ちていく。

「ひとつお願いがあるの。ポムのお墓を作ってあげてほしい」

楓はそれだけを告げるために面会に応じたのだとわかった。再び申し込んでも、二度と会ってはくれないだろう。

楓は戻らない。もう、俺のもとには。

面会を終えた棚島を、夢乃と利一が心配そうな顔で待っていた。ふたりの体の向こうに、熱で揺らぐ外の景色が見える。

棚島は拳に歯を立てた。そうでもしないと叫んでしまいそうだった。

楓7

棚島7

トリック・オア・トリート！

近年すっかりおなじみになったフレーズがあちこちから聞こえる。陽気に包まれた公園の広場は、思い思いに仮装した人々でいっぱいだ。

美空と夢乃をたちまち見失った。カボチャの大きさを競うコンテストを見にいったのだが、それが催されている特設ステージは人に埋もれてよく見えない。マイクを通した司会者の声だけが、わんわんと耳に迫ってくる。

人混みに息苦しさを覚えて空を仰いだ。ぺらぺらのカボチャやコウモリが、棚島を見下ろして笑っている。

作りもの。楓の顔が浮かぶ。あれからほぼ二ヶ月、面会室で楓が語ったことを繰り返し考えた。考えて考えて、そして決めた。

「棚島」

人のあいだを縫って利一が近づいてきた。ここ何年か、春と秋にはたいてい同じカーキのジャケットを着ている。

「やっと会えた。これほど盛況とは思わなかったよ。美空ちゃんは？」

「夢乃と一緒にステージを見にいってる」

「ああ、あれか」

長身の利一には人垣の向こうもよく見えるのだろう。棚島も目を凝らすと、ステージ上に小さくそれらしい姿が見えた。カボチャの重量当てに挑戦しているようだ。

「凝った衣装だな。ブログでの公開は途中までになったけど、おまえが作ってたやつだろ」

「ああ。俺が作ったのを着てくれたんだ」

棚島は深雪の葬儀のあと、いまからルカちゃんの衣装を作ろうかと尋ねた。簡易なものにアレンジすれば間に合うかもしれないと。アンナちゃんのがいい、と美空は答えた。パパを困らせたくてルカちゃんがいいって言ったの。でも本当は、パパが作ってくれたアンナちゃんがいい。

「ブログは再開しないのか。完成した写真をアップすれば評判になりそうだけど」

「そういうのは当分やめとくよ。ちょっといろいろ考えてみたいんだ。ついでってわけじゃないけど、グルメレビューのほうもやめた」

棚島が笑いものにした日記が、楓の切実な叫びだったように、無責任な発言がだれかの心をずたずたにするかもしれない。ネット上のささいな悪意、あるいは正義感が、楓を絶望に追いやり罪に向かって背中を押した。今西司というひとりの人間を殺した。だが、おそらく誰もそのことを知らない。棚島にしてもそれがたまたま楓だったから知っただけで、無自覚に壊した相手は他にもたくさんいたかもしれない。考えすぎと言われそうだが、いまは自分の言葉が怖い。

「やめるといえばもうひとつ。俺、仕事を辞めることにしたよ」

えっ、と利一は大きな声をあげた。珍しいほどの驚きぶりに、棚島は苦笑した。

「そんなに意外か」

「そりゃそうだろう、だってあんなに」

「国家公務員であることにしがみついてたのに。自分でもそう思うよ。でも、わかったんだ。絶対に下ろしちゃいけない荷物が何なのか。どうしても下ろしたくない荷物が何なのか。仕事はそうじゃなかった」

利一はじっと棚島の目を見つめている。

「今月いっぱいで終わりなんだ」

公務員宿舎はすでに引き払い、残りの期間は実家から通勤している。

「次の仕事は決まってるのか」

「まだ。探してはいるけど、他にもやらなきゃいけないことがある」

棚島は深く息を吸った。高い空の匂いがした。

「楓の裁判に、情状証人として出廷する」

利一は声こそあげなかったものの、ひどく驚いているのがわかる。なかなか言葉を発しないせいで、カボチャの重量や周囲ののんきな会話が耳に入ってくる。

「それがどういうことか、わかって言ってるのか」

ようやく尋ねた声は、かすかにかすれていた。

いまは下火になってきたが、楓が起こした事件はセンセーショナルに報道された。住宅街で滅多刺し。ストーカーを返り討ちか。インテリ美女の凶行。なかでも目玉になったのは、被害者がかつて加害者の母親に殺されかけていたということだ。真相は明るみに出ていないが、母と娘が時を超えて同じ男を刺したなんて、世間の興味を引かないわけがなかった。楓に内縁の夫がいたことは、さしておもしろい情報ではなかったらしく、棚島の実家にカメラが押し寄せることはなかった。しかし棚島が証人としてすべてを打ち明けるとなれば、どう変わるかわからない。

「さんざん考えた。名前と顔は隠すよ」

堂々と名前と顔を出したほうが、情状証人としての印象はいいだろう。楓のためにはそのほうがいい。だが、母や夢乃、何よりも美空を巻き込むわけにはいかない。楓と家族、両方を守るための苦渋の決断だった。

さっきの荷物の話、と利一が呟く。棚島は黙ってうなずいた。どちらも下ろせないから、どちらかだけに最良の方法をとることはできない。父親失格だと思う。男としても最低だと思う。この期に及んでどっちつかずの決断をするのかと、また迷い始めて眠れなくなる夜もある。

利一がふっと息を吐いた。

「あのさ」

棚島は伏せていた目を上げた。利一はステージのほうへ顔を向けている。

「俺がおまえに嫉妬してたことに気づいてたか」

利一は視線だけをちらりとよこし、唇に薄い笑みを浮かべた。

「その顔、ぜんぜん気づいてなかったんだな。やっぱり鈍いよ」

「いや、だって」

「俺は経産省から逃げ出したけど、おまえは吐きそうな顔して踏み留まった」

「いまにして思えば、褒められることじゃない」

「でも耐え抜いたのはたしかだろ。おまえは強かったんだよ。少なくとも俺よりは。その強さをすごいと思いながら、妬みを感じることもあった。で、そういう自分を情けなく思うこともあった」

棚島は思わず下を向いた。利一を見下したいがために呼び出したことを思い出す。自分のいまを肯定し、ああはならないと戒めるために。

「俺はそんないいもんじゃない」

「すばらしい人間だとは言ってないよ。ただ、しぶとい。いまは自分を責めるばかりでも当然だけど、少しは自分のいいところも見てやれよ。自分のなかの醜さと戦ってるのは、たぶんみんな同じなんだ」

うなずくことはできなかった。励ましてもらう資格はない。それでも、目頭が熱くなるのはどうしようもなかった。決断が正しくなくても、やり抜けると思った。

「ところで、例の本はどうだった」

利一がからっと口調を変えて尋ねた。

「『百均で変身！　ヒーロー&ヒロイン』。発売は九月末だったから、〈ソラパパ〉さんにはその前に見本が届いてるだろ」

棚島も肩の力を抜く。

「そうだったかな。引っ越しの荷物に紛れたか、家族が受け取ってくれたのを見てないのかも」

「見ろよ。ちゃんと奥付まで」

「奥付？」

棚島が聞き返したとき、司会者のひときわ大きな声が響き渡った。誰かがカボチャの重量を当てたらしい。美空が悔しそうに、でも楽しそうに、ステージを下りている。じきにここへ駆けてくるだろう。

「裁判の日程が決まったら教えてくれ」

ややあって、利一が静かに言った。わかったと答えながら、棚島はポケットに手を入れた。楓が捨てた銀色の指輪を、手のなかにぎゅっと握る。

顎を上げた棚島の耳に、美空の明るい声が届いた。

十一月十一日（3）

裁判所を出て、利一は光の眩しさに目を細めた。法廷に響いた棚島の声が耳に残っている。

「崎守さん」

呼び止められ、利一はあたりを見まわした。入り口前の階段の下で、ショートカットの若い女が会釈をした。知らない相手だが、どこかで見たような気もする。

会釈を返して階段を下りた利一に、女は名刺を差し出した。

「水峰といいます。冬桜社の『ヒロイン』編集部で、何度かお見かけしました。ちゃんとご挨拶したことはありませんでしたけど」

それを聞いて、女の表情がぎこちないことに納得がいった。水峰詩織は綾野楓の親しい同僚だったが、楓に対して主にネットで嫌がらせをしていた。そのことは証言として陳述書にまとめられ、楓を犯行に走らせた一因であるとして、先ほど弁護士によって法廷で読み上げられた。名刺に記された部署名は、別のものに変わっている。

「水峰さんもいらしてたんですね」

「来たところなんです。どうしても抜けられない会議があって」

「残念ですけど、いまから入るのは難しいと思いますよ。満席で傍聴券が出てましたから。途中で席が空くのを待ってる人もけっこういました」

言いながら、利一も名刺を取り出した。

「あらためまして、崎守利一と申します」

ペンネームを名乗る。深雪が考えてくれた名だ。和歌を研究していた深雪らしく、本名の太宰利一から、太宰府、防人《さきもり》歌、という連想だという。

棚島は利一のペンネームを知らない。ハロウィンの日に利一が告げたとおり『百均で変身！　ヒーロー&ヒロイン』の奥付を見たなら、そこに記されたライターの名に首を捻ったことだろう。〈ソラパパ〉に依頼をしたライターは、崎守令子《れいこ》という名前だった。利一が架空の人物になりすましてメールをやりとりしていたのだ。じかに会ったり電話をしたりはしなかった。まったく違う名前にしなかったのは、深雪がくれた名前を使いたかったからだ。この計画に。

〈ソラパパ〉とのやりとりでは、出版社名も偽っていた。送り状や奥付の冬桜社という記載を見て、棚島はどう考えるだろう。楓が勤めていた会社。本の内容も、楓がしていた仕事に重なる部分がある。崎守利一が太宰利一であること、利一が楓と関わっていたかもしれないこと、利一が糸を引いていた可能性まで、想像できるだろうか。

「崎守さんはもう帰られるんですか」

「見届けましたから」

衝立《ついたて》の向こうで、棚島は自分の罪をはっきりと告白した。

私は綾野楓さんを殺しました——彼女の人生と心をめちゃくちゃにしたことを、棚島はそう表現した。

「綾野さんは」

水峰は楓の様子を尋ねようとしたのだろう、しかし途中で質問を呑み込んだ。意を決したように階段に足をかける。

「席が空くのを待ってみます」

利一は裁判所をあとにした。

地下鉄からJRに乗り換えたとき、よちよち歩きの子どもを連れた女と一緒になった。女は子どものたどたどしいおしゃべりに合わせ、とてもゆっくりしたテンポで相槌を打っている。

美空があのくらいのころ、深雪はいつも寂しそうだった。美空の前では笑顔を絶やさなかったが、その姿さえ痛々しく見えた。棚島も深雪も何も言わなかったが、夫婦の仲がとうに破綻しているのは明らかだった。何度、離婚を勧めようと思ったかわからない。もっと家庭を大事にしろと棚島に忠告もした。棚島はそのたび、何もかもうまくいっているかのようにとり繕い、ごくたまに深雪の欠点をこぼした。

俺ではだめなのかと思い始めたのはいつからだろう。俺のほうが深雪さんを幸せにできると確信するようになったのは。最初はひと目ぼれだった。酔って棚島の家に泊めてもらったとき、朝食を運んできてくれた深雪の笑顔が心に焼きついた。次に遊びにいったとき、帰ろうと外に出たら雨が降っていた。深雪は傘を持って追いかけてきてくれたが、その傘は明らかに女物の、しかもカラフルなペンギンの柄だった。間違えたと慌てる深雪を見て、二度目に好きになった。本当に好きになってしまったと自覚した。

始まる前から終わっていた恋だ。深雪は棚島を愛していた。夫婦の仲がうまくいかなくなり、妻は自殺したのではないかとのちに棚島が疑うほどの状態になっても、棚島を愛していた。それでも諦めずに想いを伝えていれば、何かが変わっていたのだろうか。

棚島は植物状態になった深雪と離婚しようとはしなかった。深雪の父親がそれを勧めたにもかかわらず。妻の意識がない状態で離婚が認められる可能性は非常に低いが、離婚後の妻の介護や療養について夫が具体的な方策を提示できれば不可能とは言い切れない。棚島の場合、問題は法律ではなかった。体面だ。

電車が揺れて、つかまった吊革がぎちっと音を立てた。

——たまらない。

棚島が眠る深雪を苦しげに見つめて口にした言葉を、長いこと誤解していた。不仲だったとはいえやはり愛情があるのだと信じていた。それを深雪のために喜んだ。だから棚島が浮気をしているかもしれないと夢乃に相談されたとき、そんなはずはないと一蹴した。ところが信用は裏切られた。棚島の愛人は楓というファーストネームで、どうやら冬桜社の社員らしい。夢乃からそれだけを知らされ、冬桜社に企画の持ち込みをすることを思いついた。楓という女について少しでも情報を得られるかもしれないと考えたからだ。まさか冬桜社へ向かう途中で、当の本人を目撃するとは思わなかった。

カフェの前で、女が男の乱れた前髪を直してやっていた。男は女を「奥さん」と呼び、女は男を「旦那さま」と呼んだ。去り際に男は「なるべく早く帰る」と言い、ふたりの薬指にはそろいの指輪が嵌まっていた。その指輪を利一は何度も見たことがあった。友人と会ったとき、あるいは友人の妻と会ったとき。男は棚島だった。重婚的内縁関係というらしい。棚島は愛人を妻のように扱っていたのだ。

編集部で綾野楓を紹介されたとき、その驚くべき偶然に衝き動かされ、利一は持ち込もうとしていた企画の内容をとっさに変えた。経済関係から、子どもの衣装の作りかた本に。楓に企画を担当させ、棚島を巻き込む。そうやって関わりを作れば、そのうちきっと棚島の嘘が楓にばれる。棚島は罰を受けねばならない。

電車が止まり、親子が手を繋いで降りていった。そばを通るとき、子どもがまん丸い目で見上げてきたので、利一はほほえみを返した。外は木枯らしが吹いているが、眩しいほど晴れて、それほど寒くはなさそうだ。

ドアが閉まる。深雪の病室を思い出す。何度となく見舞いに通い、看護師とも顔見知りになっているにもかかわらず、利一はひとりでは病室に入れてもらえなかった。家族ではないから。病室の前で棚島を待っているとき、棚島と一緒に病室を出たとき、利一はいつも閉ざされたドアを恨めしく見つめた。好きなときに好きなだけ深雪に会える棚島が、うらやましくてしかたなかった。

勘違いに気づいたのは、楓を妻のように扱う棚島を目撃したときだったと思う。

たまらない――棚島のあの言葉は、愛情から出たものなどではなかった。深雪に煩わされるのはもうたくさんだと、早く死んでくれという意味だったのだ。

許せなかった。棚島の嘘が楓にばれるのを、棚島が破滅するのを、いまかいまかと待った。ところが楓が〈ソラパパ〉との接触を嫌がったせいで、導火線がなかなか短くならない。そのうちに、利一は自分の望みが制裁ではないことに気づいた。棚島は許せないが、やつに罰を与えるよりも、現状を変えたいのだと。棚島が内心で深雪の死を願いながらそばにいる状態には、もう耐えられなかった。

利一は計画を中止した。棚島の嘘が楓にばれるよう仕向けるのではなく、棚島の嘘を楓にばらすと脅して深雪との離婚を迫るつもりだった。だから、ついに楓が〈ソラパパ〉の連絡先を訊いてきたときには教えなかった。

うまく離婚が成立したとしても、利一が深雪の夫になれるわけではない。自由に病室に入れないのは変わらない。それはもちろんわかっていた。ただ深雪から棚島を引き離すことだけが望みだった。

窓の向こうを晩秋の風景が流れていく。だんだん自然が増えてきた。色づいた銀杏《いちょう》。波打つススキ。うろこ雲。掃き集められた落ち葉。自分はどうしてここにいるのだろうと、ふと不思議な気持ちになる。こんなことになるなんて思わなかった。こんな結果は望まなかった。

法廷で見た楓の顔が頭に浮かぶ。今西司の遺族の震える背中が。棚島は楓を殺したと言ったが、それならふたりを誘導した利一も同じだ。まして事件が起きた日、利一は深雪の病院で楓に会っている。あのとき楓の異常に気づいていれば、違う対応がとれたかもしれない。だが利一は、動転して〈ソラパパ〉の正体を口にし、楓の心に決定的な一撃を与えた。

楓は幸せな人生から弾き出された。そして深雪は逝ってしまった。深雪は戻らない。永遠に。

電車が目的地に着き、利一は短いホームに降りた。ここから山手に向かって歩いていけば、棚島家の菩提寺《ぼだいじ》がある。訪れるのは深雪の納骨のとき以来だ。

途中、花を買った。なるべく色を多くしてもらった。

平日の墓地にひと気はなく、線香の煙も見えない。とても静かで、木の葉のさざめきや鳥のはばたきに混じって、遮断機の音が遠くからかすかに響いてくる。

墓石は日だまりのなかにあった。深雪さん。利一は心のなかで呼びかけたが、続ける言葉を見つけられず、無心で花と線香を供えた。手を合わせて目を閉じても、やはり言葉は浮かんでこない。言えることなどないのだと、本当はここへ来る前からわかっていた。

崎守というペンネームは、深雪が防人歌からの連想でつけてくれた。防人歌は家族を想う歌だ。利一はその名前を使って、深雪の大切な家族を傷つけた。深雪はけっしてそんなことを望んではいなかったろう。

さっきの裁判で、弁護側からは陳述書の読み上げという形も含めて四人の思いが語られた。棚島、水峰、夢乃、楓の母。そのすべてに、後悔という言葉が使われたのが印象的だった。被害者となった今西も、かつて犯した罪に対する後悔の念に取り憑かれていたという。

自分の体には化け物が棲みついていると、楓は過去の日記に綴っていた。化け物はきっと誰の体のなかにもいる。境界は皮膚一枚だ。

利一はそっと墓石を撫でた。日が当たって、ほんのりとあたたかい。

深雪の命が尽きたとき、悲しむと同時に、これからは好きなときに好きなだけ会えると思った。しかし納骨から今日まで、利一がここを訪れたことはない。そして今日が最後になるだろう。

もう会えない。自分のなかの化け物がしでかしたことを思えば、会えない。

線香の匂いがつんと鼻に染みた。やっと告げるべき言葉が見つかった。

「さよなら」

利一は墓に背を向けて歩きだした。

彼女の愛した美しい空が、どこまでも広がっていた。

本書は、二〇一六年六月に小社より単行本として刊行した『匿名交叉』を改題の上、加筆修正し、文庫化したものです。

この物語はフィクションです。作中に同一の名称があった場合でも、実在する人物・団体等とは一切関係ありません。

〈解説〉
現代社会の問題を巧みに盛り込む底知れない構築力

瀧井朝世（ライター）

他人の意見や言動に反感や怒りを抱いた時、あなたはそれを表明するだろうか。たとえばそれが上司など目上の相手の場合、ぐっと怒りを抑えるのではないか。家族や友人といった相手でも、無闇に傷つけたくないと思えば、口は慎むはずだ。あるいは思ったままを言って喧嘩《けんか》になったことくらいはあるかもしれない。その場合、以降は反論するにしても言い方に気を付けるようになるだろう。いずれにせよ、相手との関係が今後も続くと思えば、多少の自制心は働くはずだ。では、相手がネット上の、赤の他人だったら？　もしも自分は匿名のまま相手を攻撃できるとしたら、その誘惑にかられたりはしないだろうか？

本作はそんな誘惑に負けた人たちの話だ。二〇一六年六月に『匿名交叉』というタイトルで刊行され、このたび文庫化に際して『彼女はもどらない』に改題、内容も単行本時から加筆修正された。具体的には、冒頭と巻末の視点人物を変更し、本編部分は三部構成に分け、視点の切り替え時点で「楓《かえで》1」「棚島《たなしま》1」と語り手を明示する表記にして、より読みやすく、分かりやすくなっている。

主な視点人物は編集者の楓と、シングルファーザーの棚島である。綾野《あやの》楓は児童雑誌の編集者。誌面のリニューアルに際して中心的な役割を果たした自負があり、やりがいも感じていたが、思わぬところでつまずく。タイアップ広告の中に専業主婦について「サポーターなんてつまらない!」「夫と子どもの人生をサポートするだけじゃなくて、自分が主役になって輝こう!」というコピーがあり、たちまちインターネット上で炎上してしまったのだ。担当を外された楓のもとにある企画が舞い込む。童話やアニメのキャラクターの洋服を真似《まね》たコスプレ衣装を百円均一ショップの材料で作るのが流行《はや》っているというのだ。なかでも人気を博しているのが、〈ソラパパ〉のブログだという。しかしブログを見た楓には、どうしても彼がよい父親に思えない。〈娘のために〉と言いながら、自己顕示欲を満たしているだけではないのか。あるいは、〈愛情の押し売り〉。そして勢いで〈色葉《いろは》〉というハンドルネームでコメント欄に批判的な文言を書き込んでしまう。それがきっかけで、〈ソラパパ〉の仕業なのか過去のブログを匿名掲示板にさらされ、さらには周辺でストーカーを思わせる出来事も続き、楓は次第に追い込まれていく。一緒に暮らすパートナーである悟《さとる》はのんびりした性格が美点だが、そこまで精神的な助けにはならない。

その〈ソラパパ〉こそ、もう一人の視点人物である棚島だ。不慮の事故で妻がこん睡状態に陥ったままであるため、幼い一人娘は千葉の実家にあずけ、自分は都内で生活している。勤め先は霞が関だ。私立大学を卒業したあと三年がかりで国家公務員Ⅱ種試験に合格し、経済産業省に入省。キャリアではないが仕事ができると自負し、多忙を極めるなか、せめてもの罪滅ぼしにと娘のコスプレ衣装を作るようになったのだ。だからこそ、匿名の〈色葉〉なる人物からの批判は、彼には許しがたいものだった。

　二人のネット上の攻防と心理的に追い詰められていく過程が主軸ではあるものの、巻頭の法廷の場面によって、読者にはその後、犯罪事件が起きたことが明かされている。なぜそうなったのか、どのようにして二人は接点を持ったのか。ただ、それぞれを追い詰めていったのは、相手ばかりではない。楓は広告の炎上事件によってやりがいのある立場を喪《うしな》っており、〈ソラパパ〉とは限らないストーカーの存在にもまいっている。さらには、かつて疎遠だった実の母が連絡をよこすようになったのも精神的な苦痛だ。悟は心配してくれるものの、楓自身が過去を打ち明けていないため、相談できないこともある。一方棚島は職場では横柄なキャリア組の後輩に軽んじられるなど、屈辱を味わっている。実家に暮らす妹からは娘の面倒がおろそかになっていることで責められている。娘からも製作途中で別の衣装がいい、と言い出されるのだからたまらない。

　こうした心理的な葛藤《かっとう》の変化の描写、話の運びのテンポのよさ、そして伏線の張り方の絶妙さと巧さに思わず舌を巻いてしまうのだが、それ以上に感心するのは、現代社会でたびたび俎上《そじょう》にのる問題を非常にうまく盛り込んでいる点だ。

　たとえば、まず楓が直面する広告のキャッチコピーの炎上。昨今よく見かけられる案件である。実際にこのようなコピーがあったとしたら、確かにまずいと思う。何かを宣伝するために何かを貶《おとし》めていることに無自覚な惹句《じゃっく》が責められるのは当然ではある。

そして、SNSについて。この炎上案件のように、行き過ぎた抗議活動は他人が見ていても辟易《へきえき》することがある。それは〈ソラパパ〉や〈色葉〉の個人攻撃も同じだ。自分を不快にさせた相手のことは、叩《たた》きのめさないと気がすまないのか。もしも顔を知っている相手だったら、はたしてそこまでできるかどうか。匿名性に甘えて怒りをコントロールできない人々、自分の不満の矛先をネット上の何かに向けている人たちの発散の場となっている側面もあるのが、今のSNSの現状である。

本作は匿名をいいことに人を攻撃した人間たちにしっぺ返しがくる話だともいえるが、匿名のはずなのに身元が知られて大変な目に遭う、という安易な展開ではなく、またひねりの効いた、かつ、読者にも「ネット上で人を攻撃すると大変な後悔につながる」としみじみと思わせる結末を引き寄せていく点が秀逸。ただ驚かせるための設定ではなく、批判性を持ち合わせているところが心憎い。

他にも目に留まる問題性がいくつもある。楓は〈ソラパパ〉のブログを子どもへの愛情よりも自己顕示欲だといって批判するが、それは実際に子育てブログに対してよく耳にする意見でもある。もちろんすべてのその類のブログがそうだとは言えないし、それによって子育てが楽しくなるのなら好ましいことではある。いまやSNSにアップするために自分の行動を決定している人も多いが、それでも子どもという非力な存在をあずかる立場の人間は責められやすい。もちろん、本当に子どもよりもブログが大事になっている親がいるとしたら、それはそれで問題だ。

また、職場での苦労に共感をおぼえる読者もいるのではないか。楓のように何か起きた時に責任を押し付けられるのは、よくあることとはいえ理不尽であるし、棚島の職場の後輩もデフォルメされてはいるかもしれないが、本質的にこういう態度の人間は実際にいる。それでもきちんと対応しようと努力している彼らは大人だ。私生活に関して言えば、楓と子どもを欲しがらない悟との暮らしは現代人の人生設計の多様さをうかがわせる一方、棚島のシングル親の子育ての苦労は切実だ。棚島のことをよく頑張っていると思うのか、それとも不十分だと思うのか、それも人によって判断は異なってくるだろう（まあ、物語の後半になるとまた印象も変わってくるだろうが、ネタバレのためそこには触れない）。ストーカーにしろマンションの管理やご近所さんとの関係にしろ、あえて現代社会に見られる現象を入れてみました、というのではなく、ストーリーの主軸に絡む大事な要素として盛り込んでいるのだから巧妙だ。読み終えた時、ただ驚いた、面白かった、というだけではなく、何か自分にとって身近な問題に気づかされたような感覚が残されることになるのだ。

もうひとつ触れておきたいのは、伏線の張り方のうまさ。途中で「こんな偶然ってありなのか」「それは都合よすぎないか」と思わせる展開があったとしても、きちんとそこに説得力を持たせる裏付けが待っている。たとえば、楓がなぜ若い頃、後に〝中二病〟と揶揄《やゆ》されるようなブログを書く心境になったのかにもきちんと理由がある。他にも指摘したい部分はいくつもあるが、これもやはりネタバレになるので自制したい。

本作を二度読みすれば、改めて腑に落ちる点がいくつも見つかるだろう。そしてこの二人組作家の底知れない構築力と筆力に圧倒されるはずだ。これが二作目にしてはうますぎないか……と思ってしまうが、降田天はもともと別名義で執筆活動をしてきた二人組の作家である。大学時代からの友人同士で、萩野《はぎの》瑛《えい》がプロット、鮎川《あゆかわ》颯《そう》が執筆を担当し、鮎川はぎの名義で異世界恋愛ファンタジーのシリーズを発表してきた。別名義でミステリの執筆に挑戦して応募し、小学校スクールカーストから始まる二転三転の展開で度肝を抜く『女王はかえらない』で第十三回『このミステリーがすごい！』大賞の大賞を獲得。長らく執筆を続けていたとはいえ、伏線の張り巡らし方とその決着のつけ方の巧みさには驚かされた。ちなみにペンネームは二人組「ダブル」のアナグラムの変形で、「ダブル」＝「タフル」＋「濁点」＝「フルタテン」。二人の能力があるからこそ、ミステリ作家としてはまだ新人とはいえ、ここまでの作品が生み出されるのだろう。この幸福なコラボレーションが今度どのような驚きを読者に与えてくれるのか、限りなく期待が膨らむ。

二〇一七年五月

宝島社
文庫

彼女はもどらない
（かのじょはもどらない）

2017年7月20日　第1刷発行
2024年11月21日　第2刷発行

著　者　降田 天
発行人　関川 誠
発行所　株式会社 宝島社
〒102-8388　東京都千代田区一番町25番地
電話：営業 03(3234)4621／編集 03(3239)0599
https://tkj.jp
印刷・製本　中央精版印刷株式会社

First published 2016 by Takarajimasha, Inc.
ISBN 978-4-8002-7378-9

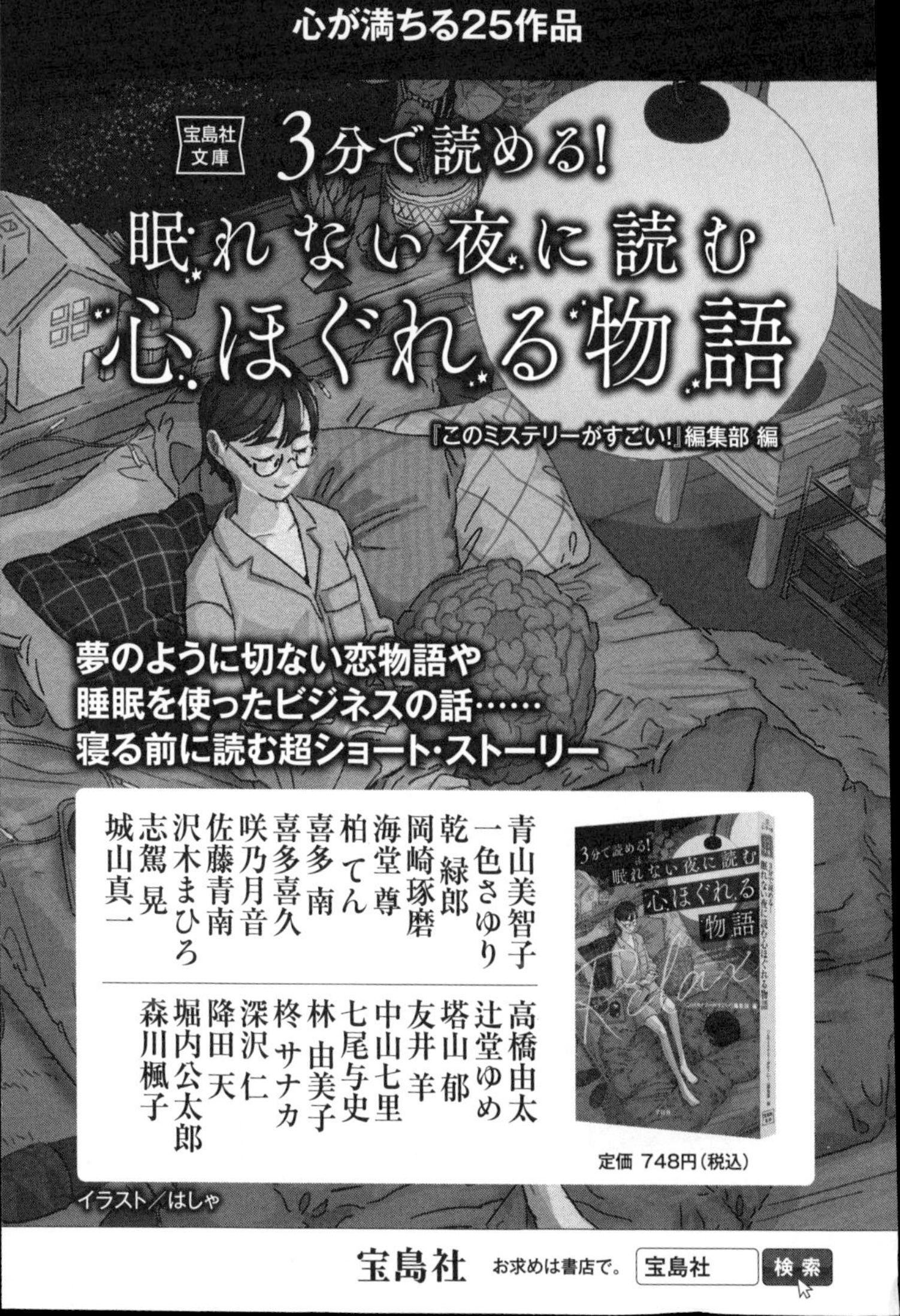

心が満ちる25作品
宝島社文庫
3分で読める!
眠れない夜に読む
心ほぐれる物語
『このミステリーがすごい!』編集部 編
夢のように切ない恋物語や
睡眠を使ったビジネスの話……
寝る前に読む超ショート・ストーリー
青山美智子
一色さゆり
乾 緑郎
岡崎琢磨
海堂 尊
柏 てん
喜多 南
喜多喜久
咲乃月音
佐藤青南
沢木まひろ
志駕 晃
城山真一
高橋由太
辻堂ゆめ
塔山 郁
友井 羊
中山七里
七尾与史
林 由美子
柊サナカ
深沢 仁
降田 天
堀内公太郎
森川楓子
定価 748円(税込)
イラスト/はしや
宝島社
お求めは書店で。
宝島社
検索